KB060793

**왜 자꾸** 죽고 싶다고 하세요,
**할아버지**

**SCRAP AND BUILD by HADA Keisuke**

copyright © 2015 by HADA Keisuke

All rights reserved.
Original Japanese edition published by Bungeishunju Ltd., 2015.
Korean translation rights in Korea reserved by MUNHAKSASANG Inc., under
the license granted by HADA Keisuke, Japan arranged with Bungeishunju Ltd.,
Japan through SHINWON AGENCY CO.

이 책의 한국어판 저작권은 신원에이전시(Shinwon Agency)를 통한
저작권자와의 독점 계약으로 ㈜문학사상에 있습니다.
저작권법에 따라 한국 내에서 보호를 받는 저작물이므로
무단 전재와 복제를 금합니다.

# 왜 자꾸
## 죽고 싶다고 하세요,
## 할아버지

하다 게이스케 지음  김진아 옮김

**문학사상**

■ 일러두기

1. 한국어판 역주는 본문 안에 고딕 서체의 작은 글자로 처리하였고, 별도의 표기는 생략하였습니다.
2. 외래어 표기는 국립국어원의 규정을 바탕으로 하였으며, 규정에 없는 경우는 현지 음에 가깝게 표기하였습니다.

## 차례
Scrap and Build

# 1

할아버지가 입에 달고 사는 말,
"이제 죽어야지."

커튼과 창틀 사이로 새어 들어오는 빛이 눈부시다. 이불을 머리까지 끌어올린 겐토는 어둠 속에서 크게 재채기를 했다. 올해부터 갑자기 꽃가루 알레르기를 앓기 시작한 탓이었다. 다다미 여섯 장 크기의 방에 딸린 문과 환기구를 모두 꼭꼭 닫아두었지만, 삼나무 꽃가루는 어떻게든 숨어 들어와 몸에 심한 면역 반응을 일으켰다.

침대 머리맡에 놓인 휴지를 찾기 위해 실눈을 뜬 겐토의 시야 속으로 부옇고 어둑어둑한 방의 모습이 들어왔다. 지금은 새벽인 걸까. 조금 전, 지팡이 짚는 소리에 잠이 깨버렸을 때도 똑같은 광경이 보였다. 아닌가? 그건 어제 아침에 본 거였나? 겐토는 단편적인 기억의 조각들을 시간순으로 나열해보았다. 역시 그건 오늘이었다. 시계를 보니 아직 시간은 오전 11시 반밖에 되지 않았다.

방에서 나가보니 맞은편의 방문은 굳게 닫혀 있었다. 오늘은 화요일이라 노인 요양 서비스를 받는 날도 아니었다. 그러나 집 안은 형광등 하나 켜져 있지 않은 채 어떤 인기척도 느껴지지 않았다. 욕실을 지나서 거실로 나가보아도 역시 아무도 없었다.

불도 켜지 않고 걸을 때도 발소리조차 내지 않는, 마치 여기에 본인이 존재하지 않는 것처럼 구는 할아버지의 답답함에 겐토는 이제야 겨우 익숙해진 참이었다. 식탁 위에는 엄마가 출근하기 전에 할아버지 점심으로 만들어둔 주먹밥 한 개가 놓여 있었다. 거실과 그 바로 옆의 다다미방은 남향으로 난 베란다 창문이 있어서 볕이 잘 드는 편인데도 오늘은 평소보다 좀 어두침침했다. 집 맞은편의 언덕길에서 들려오는 자동차 소리로 지금 비가 내리고 있거나 아니면 아까까지 비가 내렸다는 것을 알아차렸다. 불을 켠 겐토는 갑자기 쏟아지는 불빛에 눈을 슴벅이면서 재채기를 했다. 코를 풀어 휴지로 닦아 내고 인조가죽으로 된 소파에 앉았다. 작은 테이블 위에 놓인 오늘 아침 신문이나 광고지 더미는 아무도 건드리지 않은 상태였다.

'할 일이 없으면 신문이라도 좀 들춰 보지.'

할아버지는 마치 얹혀사는 신세라는 것을 잘 안다는 듯, 같이 사는 엄마나 겐토의 허락을 받기 전까진 아무것도 손대지 않았다. 그 건드리면 깨질 것만 같이 구는 조심스러움에 겐토는 진저리가 났다. 텔레비전을 틀자 고요하기만 했던 공간에 여자의 음성과 전자음 섞인 음악이 울려 퍼졌다. 바겐세일 광고인지 이해도 안 가는 말들이 쏟아져 나왔다. 텔레비전을 켠 지 1분도 채 되지 않아 시각과 청각이 마구 뒤섞이기 시작했다. 이런 감각은 회사를 그만둔 후 불규칙한 생활을 하게 된 몸에 아침이 온 것을 실감시켜주는 좋은 약이었다.

어제 콘서트홀 스태프로 단기 아르바이트를 해서 그런지 만성적인 허리 통증이 더 심해져서 가만히 앉아 있는 것도 괴로웠다. 7개월 전 회사를 그만

둔 후부터 아침에 일어나서 간단히 밥을 챙겨 먹고
는 다시 잠자리로 기어들어가는 버릇이 생겼다. 그
탓인지 없던 두통까지 생겨 죽을 맛이었다.

겐토는 신문과 광고지 다발을 집어 들고 소파 위
에 엎드렸다. 신문에 실린 텔레비전 방송 일정표와
사회면을 훑어보고 알록달록한 광고지를 넘기다
가 마지막에 흑백으로 인쇄된 종이에 눈길을 주었
다. 주민자치회가 발행한 고령자의 운전에 대한 주
의 안내문이었다.

읽어보니, 한 달 전쯤 80대 할머니가 경차를 운
전하다 횡단보도를 건너고 있던 보행자 세 명을 친
사고가 났다는 내용이었다. 겐토가 살고 있는 다마
그랜트하이츠라는 이름의 이 맨션은 입주를 한 지
40년이나 된 뉴타운 안에 있는 다세대 주택이다.
이름만 지나치게 거창한 이 맨션 근처에서 교통사
고가 일어났다는 것이다. 보행자 세 명 중 초등학
생인 여자아이는 사망했고, 다른 두 명은 부상을
입었다고 했다. 운전자 역시 혼수상태에 빠져 병원

으로 이송되었다고 했다.

　냉장고 안에 있던 반찬을 꺼내 대충 아침 끼니를 때운 겐토는 공기 청정기를 최대 출력 상태로 돌려 놓고 다시 소파에 엎드렸다. 허리가 아픈 탓도 있었지만 삼나무 꽃가루에 시달린 눈과 코, 그리고 지끈거리는 머리 때문이었다. 집중력이 필요한 행정서사 공부는 도저히 할 수 있을 것 같지가 않았다.

　인터넷 검색을 하거나 텔레비전을 보려 해도 눈을 써야 했고 허리가 아픈 것 때문에 운동도 무리였다. 누굴 만나기라도 하면 아픈 것을 잊을 수 있을 것 같았지만, 네 살 연하인 여자 친구 아미도 오늘은 할인 전문 쇼핑센터에 있는 CD가게에서 아르바이트를 하는 날이었다. 할아버지가 화장실에 간다고 몇 시간에 한 번씩 알루미늄 지팡이 짚는 소리를 내는 바람에 푹 잠들지 못했지만, 그래도 9시간을 넘게 잤더니 졸리지 않았다.

　겐토는 그저 멍하게 시간을 보내야 하는 이 순간이 생지옥이라는 생각이 들었다. 졸업하자마자 취직하여 5년간 자동차 영업사원으로 일했던 시절이 떠올랐다. 그때는 시답잖은 문제라도 어떻게든 처리해보려고 이리저리 뛰어다니기도 하고, 관심 있는 이성에게 딱지를 맞더라도 열심히 쫓아다니기도 했었다. 괴롭고 힘든 나날이었지만 그때가 차라리 낫다는 생각이 들었다.

이렇게 최악인 상태에서도 내가 할 수 있는 일이 있을까? 텔레비전으로 눈을 돌리면서 겐토는 상념에 잠겼다. 그러나 눈앞은 무슨 막이라도 덮여 있는 것처럼 흐릿했고, 정신은 약에 취한 듯 몽롱했다. 약장수가 떠들어대는 소리처럼 텔레비전 소리는 시끄럽기만 했다. 겐토는 결국 텔레비전을 꺼버렸다. 다시 정적이 찾아왔다. 그 순간, 즐겨 보던 스모 경기도 이제는 거의 보지 않는 할아버지 생각이 머리를 스쳤다. 겐토는 자리에서 일어났다. 할아버지나 겐토나 할 일이 없는 사람인 것은 마찬가지였다. 할아버지의 말동무라도 되어주면 적어도 이렇게 빈둥대는 것보다는 낫겠다는 생각이 들었다.

겐토는 할아버지의 방문을 노크한 후 대답도 듣지 않고 안으로 들어갔다. 침대에 누워 있는 할아버지의 모습이 바로 보였다. 일찍부터 깨어 있었는지 겐토가 들어오는 인기척에 몸은 움직이지 않은 채 눈으로만 슬쩍 돌아다 보았다. 할아버지가 덮고 있는 몇 겹이나 되는 이불은 속에 꼭 무슨 덩어리를 숨겨 놓은 것처럼 불룩했다.

"좋은 아침."

인사를 듣고도 꿈지럭거리기만 할 뿐 아무런 말이 없는 할아버지를 그대로 무시하고 창문으로 다가갔다. 그러고는 창문을 어중간하게 가리고 있는 분홍색 이중 커튼을 좌우로 걷어 젖혔다. 불을 켜지 않는 것은 전기세를 아낀답시고 그러는 거라고 이해할 수 있었다. 하지만 커튼도 걷지 않고 컴컴한 방에 있는 건 도저히 이해할 수 없었다. 스스로 자신의 우울을 한층 어둡고 무겁게 만들 심산인지, 도대체 그 속을 알 수가 없었다. 창문의 커튼을 젖히고 밖을 내다보아도 방에서는 주차장이나 울타리 너머의 선로만이 겨우 보일 뿐이었다. 여기서는 자동차 소음도 들리지 않았고, 비가 내리고 있는지 아닌지도 알 수가 없었다. 창가 구석에 있는 책상 위에는 정리하다가 내버려둔 것 같은 옷가지들이 몇 벌 널브러져 있었다. 책상과 침대 사이에 가림 막 대용으로 놓인 책장에는 결혼하기 전에 누나가 쓰던 책 몇 권과 함께 할아버지가 모아둔 갖가지 약들이 자질구레하게 놓여 있었다. 3년 전 누나가 시집을 간 후 바로 함께 살기 시작한 할아버지는 소지품이라고 해봤자 약과 옷이 전부였다. 가지고 있는 옷은 꽤 많았는데 플라스틱 리빙박스 세 개나 필요할 정도였다.

몸을 뒤척이기도 힘들 만큼 무겁게 덮고 있던 이불을 치우고, 할아버지는 상반신을 천천히 일으켰다. 항상 벌레라도 씹은 것 같은 표정만 짓는 할아버지는 허리를 문지르면서 뭐라고 중얼거리고 있었다. 할아버지의 등은 마치 활처럼 둥그렇게 굽어 있었다.

왜 자꾸 죽고 싶다고 하세요, 할아버지

"오늘은 집에 있나 보네."

"응, 어제는 아르바이트 나갔는데, 오늘은 집에서 공부하는 날이거든."

"아, 그려."

할아버지는 허리를 문지르던 오른손을 왼쪽 어깨로 옮겨 주무르기 시작했다.

"어깨도 아프고."

할아버지는 마치 눈에 띄지 않으려고 안간힘을 쓰는 사람처럼 옅은 색의 긴팔과 반팔 상의를 여러 벌 껴입고 있었다. 같은 소재로 된 옷을 비효율적으로 무겁게 몇 벌이나 껴입었으니 어깨가 결려도 이상하지 않을 일이다. 할아버지는 엄마가 울로 된 옷이나 다운재킷을 사드려도 입으려 하질 않았다. 공기층으로 보온을 한다는 과학적인 사실을 이해하지 못하는 것인지 아니면 나이를 먹으면서 그렇게 된 것인지, 같이 산 지 3년이나 되었는데도 겐토는 도통 알 수가 없었다. 사실 이렇게 앉아 제대로 대화를 하게 된 것도 7개월 전, 자동차 영업사원 일

17

을 그만둔 이후부터였다.

"추워?"

"너는 그거 한 벌만 입고 있는 거여?"

고개를 끄덕이는 젠토는 대형 의류업체의 신소재 크루 넥 긴팔 티셔츠와 도톰한 안감이 들어간 방한 바지를 입고 있었다. 3월 중순치고는 춥긴 하지만 밖에 나갈 것도 아니고, 집에서는 이 정도로 충분했다. 젠토는 재채기를 하며 침대맡에 놓여 있는 휴지로 코를 풀고, 문 쪽 벽에 기댄 할아버지와 마주보았다.

"춥지는 않고?"

"응."

"하아……, 이 할아버지는 추위에 약해서 말이여. 오늘도 너무 추워……, 추우면 발이 다 쑤셔."

어깨와 장딴지를 주무르며 하루 종일 반복하는 할아버지의 투정이 또 시작되었다.

"어젯밤에도 3시까지는 잠도 못 잤어. 겨우 잠들었는데 아침 먹으라고 니 엄마가 깨우더라고."

"낮에 자면 밤에는 당연히 못 자지. 딱히 하는 일이 있는 것도 아니면서."

"낮에도 안 잔단 말이여."

불만스러운 그 얼굴을 보니 본인은 누워 있기만 할 뿐이지 잠을 자는 건 아니라고 주장하는 것 같았다. 그 점만큼은 항상 완고했다.

"하이고, 아파 죽것네. 이건 뭐 나아지기는커녕 매일 이렇게 온몸이 아프니…… 좋은 일은 하나도 없고."

할아버지는 몸을 옹송그린 자세로 미간을 찌푸리며 두 손을 얼굴 앞에 맞대고 중얼거렸다. 정말 가관이었다.

"저승에서 빨리 데리러 와야 하는디."

젠토의 머릿속에는 중학교 3학년 때 현장학습으로 가부키음악과 무용, 기예가 어우러진 일본의 전통연극를 보고 난 후 친구들과 뜻도 모르면서 떠들어대던 대사가 떠올랐다. 의미 없이 반복되는 말들. 할아버지의 입에서 백 번도 넘게 쏟아져 나왔던 그 말을 들으면서 겐토는 이제 맞장구도 치지 않았다. 그저 멍하니 그 모습을 바라볼 뿐이었다.

"매일 그것만 빌고 있어."

겐토의 엄마가 모시기 전, 4년 동안 사이타마에서 할아버지를 모셨던 외삼촌이었다면 분명 할아버지의 힘없는 목소리를 듣고 그런 말씀 마시라며 부드럽게 달랬을 것이다. 오 남매 중 가장 니힐리스트인 엄마를 닮아서인지, 겐토는 외삼촌처럼 자상하게 달래줄 마음이 들지 않았다. 그러나 할아버지는 이 냉정한 관객에게 위로를 기대하는 것인지 우는 소리를 멈추지 않았다.

"얼른 병원에 가서 누워 있고 싶어. 그게 차라리 나을 거 같아."

지금껏 겐토는 할아버지가 몸이 안 좋다고 할 때마다 종합병원이니 내과니 하는 온갖 병원에 직접 모시고 갔다. 그러나 구급차에 실려 갔던 두 번을 제외하면, 어떤 병원에서도 생명에 지장을 주는 병은 발견되지 않았다. 지금 다니고 있는 병원에서도

왜 자꾸 죽고 싶다고 하세요, 할아버지

최소한의 약만 복용하면 건강하게 지낼 수 있다고 했다. 그러니까 여든일곱 살이라는 나이를 생각하면 할아버지는 참으로 건강한 편이었다.

"겐토 너한테도 그렇고, 니네 엄마한테도 그렇고 이렇게 고생만 시켜서…… 참말로 한심하기 짝이 없다, 내가. 이제 차라리 죽는 게 나을 거 같아."

얼굴을 찡그리며 작은 손으로 온몸을 주무르는 할아버지에게서는 절실함이 느껴졌다. 할아버지는 몇 개월 전에 쓰러졌을 때 생긴 안구 내출혈로 아직도 오른쪽 눈이 잘 안 보였다. 또 보청기를 끼지 않고는 아무 소리도 들을 수 없었고, 아무리 검사를 해도 원인을 알 수 없는 신경통을 겪고 있었다. 그러니까 본인밖에 알 수 없는 주관적인 고통이나 불쾌감만큼은 매우 크다는 뜻이다. 현대 의학으로도 어떻게 덜어줄 수 없는 고통을 짊어지고 있지만, 검사를 하면 여생을 건강하게 누릴 수 있다는 보장만 받을 뿐이다. 할아버지가 뛰어넘어야 하는 죽음으로의 허들은 너무나도 높았다.

아님

1. 할아버지가 입에 달고 사는 말, "이제 죽어야지."

21

"오줌은 찔찔 나오다 말고. 변비도 심하고."

"아침에는 뭐 먹었어?"

그 후, 몇 분 정도 평소처럼 대화를 한 겐토는 거실로 나와 약국에서 파는 항알레르기 약을 먹고, 자기 방으로 돌아갔다.

한차례 크게 재채기를 하자 비행기를 탔을 때처럼 갑자기 오른쪽 고막이 찡하고 울렸다. 하품을 여러 번 했지만 귀에는 여전히 불쾌한 감각이 남아 있었다. 공부는 하기 어려워도 인터넷 검색 정도는 할 수 있겠다 싶어 노트북을 켰지만 액정 화면에 반사되는 형광등 불빛 때문에 눈이 아파서 견딜 수가 없었다. 결국 겐토는 5분 만에 노트북을 꺼버렸다.

할 일이 하나도 없었다. 침대에 누우니 허리는 편했지만 일어난 지 얼마 되지 않은 탓에 졸리지는 않았다. 괜히 핸드폰의 문자 수신함을 들여다보고 답신을 못 한 것이 있나 찾아봤지만 그마저도 몇 분 가지 않았다. 재채기가 또 나와서 겐토는 고개를 위로 젖혔다. 믿기 힘든 일이었지만, 지금 자신은 꽃가루 알레르기에 시달리고 허리까지 아픈데다 만나줄 사람도 없었다. 심지어 산책할 마음조차 들지 않았다. 이 엉망진창의 스물여덟 살 먹은 사지 멀쩡한 남자가 할 수 있는 일은 아무것도 없었다. 그저 어둑어둑한 실내에서 허연 천장만 올려다보는 게 전부였다. 허리에 부담이 덜 가는 자세를 찾으려고 왼쪽으로 몸을 틀자 눈앞에는 천장 대신 허연 벽지가 들이닥쳤다.

그 순간, 겐토는 문득 이런 생각이 들었다.

나는 지금껏 할아버지의 영혼이 외친 비명을 한 귀로 듣고 대충 흘려버린 것이 아닐까?

낮이든 밤이든 누워서 천장만 쳐다보다 자기가 졸고 있는 것도 인식하지 못할 만큼 백야를 헤매고 있다면, 더 이상 건강해지지도 못할 몸으로 버텨낸다 하더라도 그 끝에 기다리는 것이 죽음뿐이라면, 차라리 일찍 죽어버리고 싶은 마음이 들지 않을까?

겐토는 지금까지 상대의 의사를 무시한 자기중


1. 할아버지가 입에 달고 사는 말,
"이제 죽어야지."

심적인 태도로 할아버지를 대했다는 생각이 들었다. 집에 생활비를 대지 않는 대신 할아버지를 돌보면서 친척들 사이에서는 효심 깊은 손자라는 소리를 들었다. 그리고 약자를 돕고 있다는 자기 만족감에 빠져 있었다. 하지만 그뿐이었다. 정작 자신은 그 약자의 목소리를 들으려 하지 않았다.

죽고 싶다, 라는 할아버지의 자조 섞인 고백을 말 그대로 이해하려는 성실한 태도가 부족했다.

방문 너머로 지팡이 짚는 소리가 들려왔다. 화장실에 가려는 모양이었다. 지팡이 끝은 고무로 싸여 있었지만, 이상하게도 그 소리는 온 집 안에 울렸다. 혹시나 넘어져서 다치기라도 할까 봐 느릿느릿 걸어가는 할아버지는 고통을 두려워하는 사람이었다. 그런 할아버지가 죽음의 길로 가는 제일 편한 방법은 음독자살이겠지만, 그마저도 이미 한 번 실패한 적이 있었다. 그렇다고 해서 처음 구급차에 실려 갔을 때처럼, 두 달 넘게 입원시켜서 약 기운에 취한 상태로 만드는 것도 지금은 쉬운 일이 아

왜 자꾸 죽고 싶다고 하세요, 할아버지

니었다. 진료비의 환자 부담금이 낮아지면서 입원 환자를 쉽게 받아주지도 않게 된 데다 입원을 해도 금방 퇴원해야 했다. 다시 말해 약 기운에 의지해 누워 있다가 심신이 천천히 시들어가는 죽음을 전문가에게 부탁할 수도 없게 되었다는 뜻이다.

방에서 화장실까지 5미터도 채 안 되는 거리를 걷는 동안에도 절대로 넘어지지 않겠다고 조심조심 지팡이를 짚는 소리가 또 들려왔다.

고통이나 두려움이 없는 평온한 죽음.

그런 가장 완벽한 형태의 존엄사를 갈구하고 있는 노인을 겐토처럼 아무런 지식이 없는 사람이 도울 수 있을까? 그러나 87년이나 이어진 할아버지의 인생에서 어쩌면 마지막이 될지도 모르는 간절한 도전을 도울 수 있는 것은 자기뿐이라고, 겐토는 생각했다.

\* \* \*

면접을 마친 겐토는 정장 차림 그대로 신주쿠로 향했다. 겐토는 자동차 영업사원 일을 그만둔 후 학원도 다니지 않고 독학으로 공인중개사 공부를 하다가 이제는 행정서사로 노선을 바꾸어 시험을 준비하고 있었다. 그러면서 한 달에 한두 번쯤 시험과는 전혀 상관없는 일반 회사 면접도 보러 다녔다. 그러나 대학을 갓 졸업한 취업 준비생들도 줄줄이 낙방하는 마당에 삼류대학 출신에 관련 업종에 별 도움도 안 되는 일을 5년이나 한 사람을 채용해줄 기업은 없었다.

돈 한 푼 쓰지 않고 시간을 때우다가 오후 2시쯤, 루미네<sub>전국에 체인점을 둔 쇼핑몰로 신주쿠 지점은 일본 최고의 패션 빌딩이라 불림</sub> 3층에서 아미와 만났다. 윈도쇼핑을 하다가 결국 아무것도 사지 않은 아미와 함께 가부키초로 발길을 옮겼다. 아미도 겐토처럼 가족과 함께 살고 있어서 두 사람은 신주쿠와 하치오지에 각각 두 곳씩, 자주 가는 러브호텔을 정해두고 이용했다. 하치오지는 전철로 가기에는 멀어서 둘 중 하나가 자기 집 차를 쓸 수 있을 때나 갈 수 있었다.

대실한 방에서 20분 만에 사정을 하고 나가떨어진 젠토는 몸집은 아담해도 풍만한 아미의 가슴에 얼굴을 묻었다.

"이렇게 함께 누워 있는 시간이 제일 좋단 말이야."

젠토는 괜히 인기 많은 남자 같은 소릴 해대며 자신의 부족한 정력을 얼버무렸다.

"양말에 뭐가 붙어 있어."

침대에 걸터앉아 바지를 입고 있는데 아미가 양말을 가리키며 말했다. 발바닥을 들여다보니 오른쪽 양말에 뭔가 말캉한 것이 붙어 있었다. 10엔짜리 동전만 한 크기의 밥알 덩어리였다. 숟가락 절반 정도나 되는 양을 바닥에 흘리는 사람은 할아버지뿐이다. 하필이면 아미가 밸런타인데이 선물로 사준 다케오 기쿠치의 양말을 신은 날 이런 일이 생기다니. 비싼 브랜드 양말에 붙어 있는 밥풀을 보니 젠토는 욕이 절로 튀어나왔다.

1. "이제 죽어야지."
할아버지가 입에 달고 사는 말,

"젠장……."

6시가 되기 전에 두 사람은 요금을 더치페이로 지불하고 러브호텔을 나왔다. 그러고는 패밀리 레스토랑에서 저녁을 먹은 후 신주쿠 산초메의 카페로 향했다. 카페의 2층 창가 자리는 패밀리 레스토랑보다 야경을 보기에도 좋았고 분위기도 괜찮은 편이었다. 두 사람은 여기서 서로 푸념을 늘어놓기도 하고 허풍을 떨기도 하면서 데이트를 하곤 했다.

아미는 술을 마시지 않아서 데이트할 때 돈이 많이 들지 않았다. 겐토에게는 회사를 그만두기 전에 모아놓았던 약간의 저금과 신약 테스트 아르바이트로 번 돈 5만 엔 정도가 남아 있었다. 그리고 한두 번씩 나가는 단발성 아르바이트도 하고 있었다. 그래서 그런지 7개월이나 백수로 지내고 있었지만, 소소하게 놀 때 드는 비용 정도는 대수롭지 않았다.

두 사람은 음료를 한 잔만 시켜 놓고 카페에서 두 시간 정도 시간을 죽이다가 역으로 향했다. 가는 길에 맞은편에서 오는 정장 차림의 미인과 마주치자 자연스럽게 겐토의 시선이 그쪽으로 향했다. 아미는 일그러진 얼굴로 입을 삐죽거리며 겐토를 아래위로 쏘아보았다.

"그래, 어차피 난 못난이니까."

이 말에 숨어 있는 몇 가지 상반된 뜻을 모른 척할 수는 없었다. 내심 귀찮았지만 결국 겐토는 아미를 달래며 걸었다. 아미와 처음 만난 것은 친구가 연 바비큐 파티 때였다. 외모만 보면 중간쯤은 되는 여자였지만, 질투도 심하고 자기비하적인 성격이라 이따금 감당하기가 힘들었다. 아미는 토라진 채로 개찰구를 빠져나가 계단이나 에스컬레이터에는 눈길도 주지 않고 곧바로 노약자 전용 엘리베이터를 타러 갔다. 겐토는 말없이 아미를 따라갔다.

게이오 사가미하라선은 어둠 속에 휩싸인 다마가와강을 건너면 창밖의 풍경이 완전히 바뀌어 드문드문 서 있는 나무와 주택가만 보였다. 초등학교 5학년 때 이사를 온 아미는 도쿄인데도 단번에 시골 같은 풍경으로 바뀌는 모습에 놀랐다고 했다. 아미가 내리고 두 정거장을 더 간 후에 내린 겐토는 다마그랜트하이츠를 향해 완만한 언덕길을 올라갔다. 80대 할머니가 차로 여자아이를 쳤다는 장소에 놓인 꽃다발 몇 개가 보였다.

자동차 영업사원 일을 하던 시절, 겐토는 절대로 운전을 그만두지 않을 거라고 기를 쓰는 노인들을 수없이 상대해왔다. 도쿄는 대중교통이 잘 갖추어져 있어서 차가 없어도 충분히 잘 지낼 수 있는 도시였다. 그런데도 나이 든 사람들은 직접 운전을 하겠다고 고집을 피우고 있는 것이다.

집으로 돌아가니 엄마는 주방에 있었고 할아버지는 소파에 앉아 있었다. 할아버지는 후식으로 복숭아를 먹고 있었다. 고기나 조금이라도 단단해 보이는 채소에는 손도 대지 않았지만 부드럽고 달콤한 것만 보면 정신을 차리지 못했다. 할아버지가 흘린 과즙이 바닥을 적시는 것을 보고 겐토는 더러워진 양말이 떠올라 고개를 저었다. 저녁 식사가 부실했던 겐토는 엄마 옆으로 가서 남은 저녁밥을 먹기 시작했다.

"얘야, 여기 접시."

할아버지가 후식을 다 먹고 빈 접시를 내밀자 엄마는 혀를 찼다.

"직접 싱크대에 가져다 놓기로 했잖아요. 나 참, 그렇게 자꾸 남의 손만 빌리고 편하게 있으려고 하면 더 몸이 안 좋아진다고요."

딸의 타박에 고개를 숙인 할아버지는 마지못해 일어나 왼손에는 접시를, 오른손에는 지팡이를 짚고 주방으로 향했다. 일주일에 몇 번은 이런 상황이 펼쳐졌다. 몸 상태가 그리 나쁘지 않은 날이면 할아버지는 너무 누워만 있지 않으려고 집 안을 빙글빙글 걸어 다니며 재활 훈련 비슷한 것을 했다. 하지만 소파에서 싱크대까지 가는 2, 3미터의 이동은 질색을 했다. 재활은 괜찮고 필요에 의한 보행은 싫다니, 운동하겠다고 헬스장에는 가면서 계단 대신 에스컬레이터를 타는 사람들과 다를 바 없었다.

"이제 약 먹어야 할 시간 아니냐?"

약봉지를 들어 보이며 할아버지가 엄마에게 물었다.

"마음대로 하세요. 솔직히 안 먹어도 아무 상관 없는 약이잖아요."

"미안헌디 겐토야, 물 좀 줄래?"

"겐토한테 빌붙지 마세요! 직접 하라고요!"

"뭘 그렇게 화를 내냐……."

풀이 죽은 할아버지가 비통하기 짝이 없는 목소리로 작게 중얼거리자 엄마의 미간이 확 좁아졌다. 아무리 피를 나눈 가족이라지만 무작정 기대려고만 하니 짜증을 참을 수 없는 모양이었다. 아버지를 초등학교 2학년 때 잃은 겐토는 그 마음을 이해하지 어려웠지만, 고령자와 함께 사는 집에서는 실제 부모 자식 간이라 해도 갈등이 없을 수 없는 모양이었다.

맨션의 대출금은 돌아가신 아버지가 들어놓았

던 보험금으로 다 갚았다. 평생 농사만 해온 할아버지는 나라에서 국민연금도 받았다. 또 올해 환갑이 된 엄마는 촉탁 근무를 하면서 다달이 22만 엔씩 급여를 받았다. 다시 말해, 경제적인 면에서 봤을 때 할아버지를 모시는 방법에는 몇 가지 다른 선택지가 있는 셈이었다. 벌써 3년째 할아버지를 돌보고 있는 엄마의 스트레스가 한계에 다다르면, 할아버지는 당장이라도 나가사키에 있는 요양원에 보내질지도 몰랐다.

"할아버지, 오늘 목욕은 어떻게 할 거야?"

접시를 싱크대에 두고 소파로 돌아온 할아버지에게 겐토가 물었다.

"땀을 별로 안 흘렸으니까 괜찮어."

대화 상대가 되어주는 것 외에도 겐토는 할아버지를 병원이나 보청기 가게에 모시고 가기도 하고, 노인 요양 서비스를 받지 않는 날에는 목욕을 도와주기도 했다. 추위를 잘 타는 할아버지는 걸핏하면 목욕을 하고 싶다고 졸랐다. 하지만 오늘처럼 엄마와 겐토가 자신을 상대해주는 날에는 목욕을 하지 않았다. 괜히 두 사람이 바쁜 날만 골라 목욕을 하겠다며 끈질기게 졸라댔다. 그러니까 어떻게든 남들이 자기를 챙겨주었으면 하는 귀찮은 성격인 것이다.

목욕을 돕는다고 해도 겐토가 하는 일이라곤 알몸이 된 할아버지가 욕조에 몸을 담글 때와 욕실을 떠날 때 곁에 서 있는 것뿐이었다. 물에 젖은 우엉 토막 같은 페니스를 매단 할아버지의 몸을 씻길 필요도 없어서 겐토는 자기가 정말로 도움이 되는 건지 의문이었다. 그러나 노인이 자택에서 사망하는 대다수의 사고는 목욕 전후에 발생한다는 이야기를 들은 적이 있었다. 그래서 전문 간병인이 능숙하게 목욕을 시키는 요양 시설에서는 목욕으로 인한 사고가 그다지 발생하지 않는다는 것이다. 다시 말해, 할아버지가 월요일과 수요일, 그리고 금요일에 요양 센터에서 목욕을 할 때는 죽을 일이 거의 없다는 이야기다.

집에서 목욕을 할 때, 욕조의 물 온도는 아주 뜨

겁게 하고 목욕탕 밖의 온도는 극단적으로 낮추어 할아버지의 소원을 들어주는 것도 고려해본 적이 있었다. 그러나 그렇게 되면 겐토가 할아버지를 '살해'한 꼴이 되어버리는 데다가, 무엇보다 고통 없는 편안한 죽음에서 거리가 멀어지는 것이었다.

약을 챙겨 먹은 할아버지는 소파에 앉아 버라이어티 방송이 나오는 텔레비전을 쳐다보고 있었다. 그러다가 작은 목소리로 "잘 모르것네" 하고 혼잣말을 하더니 고개를 푹 숙였다. 고해상도인 디지털 화면은 노인들의 눈에는 버거울 것이다. 할아버지와 살기 전에는 텔레비전이 몸을 가누기 힘든 노인들의 오락거리는 되는 줄 알았다. 그러다 노인들은 눈이 침침하고 가만히 앉아서 텔레비전을 보는 것도 힘들다는 사실을 알게 됐다. 텔레비전은 노인들에게조차 더 이상 쓸모가 없었다.

"난 그만 내 방으로 가야 쓰것다."

"일일이 말 안 해도 된다고요. 이 망할놈의 영감탱이가……"

지팡이를 짚고 어두운 복도로 걸어가는 할아버지에게 엄마가 눈을 흘기며 말했다. 그 목소리는 결코 작지 않았지만, 바로 앞에 두고 말하지 않으면 할아버지에게 그 목소리가 들리는 일은 없었다. 할아버지의 귀가 단일지향성마이크<sub>어떤 한 방향으로만 전파되는 음파에 대하여서는 감도가 높고, 그 밖의 음파에 대하여서는 감도가 낮은 마이크</sub>처럼 된 이유는 청력의 저하가 아니라 언어 처리 능력이 급격히 떨어졌기 때문이었다.

"아, 재수 없어, 진짜. 아주 그냥 보란 듯이 지팡이를 짚어대요, 짚어대기를. 지팡이 없이도 걸을 수 있으면서."

엄마는 본인의 입버릇이 이렇게 험해진 건 밖에서 상스러운 말투를 배워온 겐토 때문이라고 했다. 아들을 둔 사람들은 다 그렇다면서.

자기 방으로 돌아온 겐토는 할아버지의 소망을 이루어주기 위해 인터넷으로 존엄사를 검색해보았다. 병 수발에 지친 고수들이 던져주는 노하우를 하나씩 찾아 읽었다. 노인을 죽게 하는 방법이 조금 나오긴 했지만, 대부분 자살 방조죄에 저촉되지 않을 정도의 음울한 이야기들뿐이었다. 겐토에게 정말로 필요한 정보는 없었다. 노인들이 차고 넘치는 고도화된 정보 사회에서 평온한 존엄사를 안겨 줄 현실적인 정보가 하나도 없다니. 이 주변에는 고려장을 치를 만한 산도 없었다. 안락사를 인정하는 나라로 귀화시키려 해도 그 과정이 너무 복잡했다. 불치병에 걸려야 하고 본인의 의지가 확고해야 했으며 의사의 소견도 필요했다. 필요조건들이 너무 많았다.

고민 끝에 겐토는 불필요한 약을 마구잡이로 투여해대는 병원에 입원시키는 게 가장 현실적이라는 생각이 들었다. 그러나 무엇이 불필요한 약이고, 얼마나 과하게 투여해야 하는지 알아차릴 만한 지식이나 정보가 없었다. 하는 수 없이 오늘은 인터넷에 떠돌아다니는 정보를 교재 삼아 약과 법률에 관해 조금 공부하는 것으로 그쳐야 했다.

검색하는 일이 지겨워지자 겐토는 할아버지 방

에 가보았다. 할아버지는 잠옷 바지를 걷어붙이고 두 발에 무엇인가를 열심히 바르고 있었다. 농사일을 그만둔 지 10년이 넘은 데다 일 년 내내 긴 바지만 입고 외출도 거의 하지 않는 할아버지의 발은 새하얀데다 통통 부어 있었고, 마치 뚱뚱한 젊은 여자의 발처럼 묘한 윤기가 감돌았다

"발이 하도 아파서 말여. 너무 건조혀서 그런 거 같어."

할아버지는 딱히 바를 필요도 없는 갖가지 연고를 온몸에 바르면서 절망적일 만큼 지루한 매일 밤을 버텨내고 있었다. 겐토는 눈앞의 이 노인이 정말로 괴로울 것이라는 생각이 들었다. 그리고 자신은 그 사실을 너무 늦게 눈치채고 말았다.

"어차피 오늘 밤도 제대로 못 잘 거여."

이번에는 등뼈 한가운데의 검게 변색되어 툭 튀어나온 부분에, 발에 발랐던 것과는 다른 약을 꺼내 바르기 시작했다. 손이 잘 닿지 않는 곳에 약을 발라야 할 때도 할아버지는 결코 겐토에게 부탁하

는 법이 없었다. 자신에게 남겨진 몇 안 되는 일과
를 빼앗기지 않겠다고 주장하는 것 같았다. 접시를
싱크대에 갖다 놓기 싫어하던 좀 전의 모습과는 완
전히 달랐다.

"내가 빨리 죽어야 할 텐디."

비탈길 중턱에 있는 이 4층짜리 맨션에는 엘리
베이터가 없어서 할아버지는 노인 요양 서비스를
받으러 가는 날이면 스스로 난간을 잡고 천천히 계
단을 내려가야 했다. 2층에서 1층으로 이어지는
정도의 높이라도 몸을 던지면 충분히 죽을 수 있었
다. 그 외에도 조금 높은 지대나 열차 건널목, 강 등
저승으로 이어지는 입구는 집 주변에도 얼마든지
있었다. 찰나의 고통을 견딜 만한 용기만 있다면
따로 준비할 필요 없이 지금이라도 당장 달성할 수
있는 목표인 것이다.

"조만간 상황이 좀 나아질 거야."

용기 없는 노인이라도 나아갈 수 있는 다른 길을
찾아주는 것, 그것이 효심 깊은 손자 겐토에게 주

어진 사명이었다.


　토요일 오후 3시가 넘은 시각, 패밀리 레스토랑은 학생들과 노인들로 가득 차 있었다. 웨이트리스가 빈 접시를 치우러 겐토와 다이스케가 앉아 있는 테이블로 왔다. 결혼을 한 후 부모님과 함께 단독주택에서 살고 있는 다이스케는 엄마가 만든 카레 우동을 먹고 나왔다지만, 겐토는 1시쯤 아침 겸 점심을 대충 때운 게 전부였다. 엄마는 친구들과 시내로 놀러 갔고 할아버지는 혼자 집을 지키고 있을 터였다.

　흡연석에서 귀찮은 일이라도 정리하는 듯한 표정으로 담배를 피우는 다이스케의 모습은 중학교 시절과 달라진 것이 없어 보였다. 얼굴은 준수하지만 키는 고등학교 1학년 이후로 자라기를 멈춰버린 다이스케는 초등학교 때부터 겐토와 친하게 지내왔다.

"결원 보충이 안 돼서 일이 많아. 야근하느라 힘들어 죽겠다."

다이스케는 겐토와는 다른 지역의 삼류대학을 졸업한 후, 간병 관련 업계에서 일하기 시작했다. 지금 있는 곳에서 4년째 일하면서 간병인 자격증도 땄다고 했다.

"한 사람이 담당하는 인원이 어마어마하거든. 그래서 상근하는 직원이 여덟 명인데 그중에 두 명이 한꺼번에 그만두기라도 하면 난리가 나는 거야. 원래대로 돌아오기까지 2, 3년은 걸려."

"그 후배는 그만두고 뭘 하며 먹고 살겠대?"

"간병인 자격이 있잖아. 아타미로 갔어. 요즘 거기에 복지 시설이 엄청 많이 생기나 봐. 환자를 대규모로 수용할 수 있는 시설이 차례차례 세워지고 있대. 찜짝 취급받던 간토關東, 일본 중부에 있는 도쿄와 사이타마현, 지바현, 이바라키현, 도치기현, 군마현, 가나가와현 일대를 이르는 말 지역 늙은이들을 접근성 좋은 장소에 전부 모아놓을 수 있고, 아타미에 사는 젊은이들 취업난에도 도움이 되니까 쌍방이 좋은 거지 뭐."

아타미는 대학생 때 친구들과 차를 몰고 가본 적
이 있었다. 고속도로를 타면 두 시간도 채 안돼 도
착하는 거리였다.

"복지로 돈을 버는 동네라······."

"도심 말고는 다 그런 식이야. 도로를 새로 내거
나 건물을 짓는 거 대신이지 뭐. 일본은 이제 지진
으로 무너진 곳 말고는 뭘 새로 지을 필요가 없잖
아. 그런데 노인은 줄지가 않으니까. 오히려 늘어
날 뿐이지."

"그럼 넌 굶어죽진 않겠네. 빨리 애나 만들어라.
저출산을 막아야지. 고령화도 막고."

"너야말로 아미랑 얼른 애 가져서 결혼이나 해."

"나는 무리야. 백수잖아."

"나도 무리거든. 간병인이잖아."

"그래도 맞벌이잖아. 게다가 부모님 집에서 같이
살고."

급여에 비해 업무 강도가 세서 그런지 간병 업계

왜 자꾸 죽고 싶다고 하세요, 할아버지

에서는 다이스케처럼 4년 이상의 경력을 가진 남자 인력이 아주 귀하고 대개 맞벌이를 한다고 했다. 인기 많은 남자만이 오래 근무할 수 있는 직종이라고 다이스케가 예전에 반쯤 농담 삼아 말한 적이 있었다. 초등학생 때부터 다이스케는 여러모로 여자들의 관심과 보살핌을 받기는 했었다.

"그런데 말이야, 네가 한 말을 정말로 실현시키려면 환자를 움직이지 못하게 하는 게 제일 현실적이고 효과적일 거야. 시간이야 걸리겠지만."

"투여하는 약의 양을 늘리는 게 아니라?"

"사람은 말이지, 뼈가 부러지거나 해서 움직이지 못하게 되잖아? 그럼 몸이랑 머리가 순식간에 쓸모가 없어져. 근육도, 내장도, 뇌도, 신경도 모두 연결되어 있거든. 과한 간병으로 아예 움직임을 막아서 모든 기능을 한 번에 쇠약하게 만들어야 해. 사용하지 않는 기능은 약해지니까 말이야. 다시 말해 두 배로 과하게 간병을 하는 거야."

그러고 보니 퇴원한 직후에는 사소한 일도 제대

로 하지 못하고 치매 증상도 심하던 할아버지가, 엄마와 겐토의 도움 없이 혼자 일을 처리하던 사이 점점 건강을 되찾게 되었던 것이 떠올랐다.

"그렇지만 방조傍助하는 입장에서도 그건 도박이야. 어중간하게 체력만 저하되고 죽지도 못하면 지금보다 더 열심히 보살펴야 하거든. 간병인의 스트레스만 쌓이니까 손해만 볼 것 같다 싶으면 절대로 하지 마."

할 거라면 단숨에, 단기적으로 하라는 뜻이었다.

"그런데 겐토, 너 그렇게 할 자신이 있어?"

방문 밖에서 들리는 말싸움 소리에 겐토는 선잠에서 깨어났다.

"일하러 안가고 집에 있으면 안 되것냐?"

약하지만 힘껏 외치는 할아버지의 목소리가 들리더니 지팡이를 짚는 소리가 울렸다. 겐토와 엄마의 수면을 두 시간마다 방해하는 소리였다. 겐토는 이불을 뒤집어쓴 채 짜증 섞인 한숨을 쉬었다.

"제가 안 나가면 다 굶어 죽자고요? 겐토도 놀고 있잖아요, 지금."

"일하러 갈 거면 차라리 날 죽이고 가!"

커튼 너머로 날씨가 흐린 것을 알 수 있었다. 저기압에 기온도 낮아 오늘 할아버지는 한층 더 몸이 안 좋고 괴로운 모양이었다.

"싫어요. 귀찮게 무슨……."

"니가 안 하면, 어디 가서 몸이라도 던질 거야!"

"어떻게 할 건데요? 저기 계단에서 굴러 떨어지기라도 할 거예요? 아플 걸요!"

"어……"

엄마가 출근한 뒤 다시 잠이 든 겐토는 오전 11시쯤 일어나 혼자서 늦은 아침을 먹었다. 이비인후과에서 처방 받은 먹는 약과 점비제로 간신히 화분증 증상을 억누르고 시험 공부에 열을 올리기 시작했다.

시간도 잊은 채 집중하고 있는데 지팡이 소리가

들려왔다. 차라리 어린애들이 떠드는 소리나 자동
차 소음이라면 무시해버릴 수 있었다. 그러나 기척
을 죽이려고 하는 사람이 내는 둔탁한 소리는 집
안 어디에 있든 귀에 내리꽂혔다. 그 무거운 존재
감 때문에 집중력이 자꾸만 흐려졌다. 귀마개를 하
거나 클래식 음악을 틀어도 아무 소용이 없었다.
겐토는 그 소리가 사라질 때까지 이를 꽉 깨물고
버틸 수밖에 없었다. 그 짓이 매일 두 시간 간격으
로 반복되었다.

오후 3시쯤 되자 슬슬 배가 고팠다. 주방으로 가
서 대충 점심 식사를 준비하고 있는데 느릿느릿한
지팡이 짚는 소리가 다가왔다.

"겐토야, 니 엄마가 준비한 간식 어디에 있냐?"

"간식?"

식탁 근처에 가만히 선 채로 묻는 할아버지의 말
에 겐토는 식탁 위와 싱크대 주변, 그리고 냉장고
안까지 구석구석을 뒤졌다.

"모르겠는데……, 일단 이거라도 먹어."

냉장고 옆에 있는 잡동사니나 간식거리를 넣어 두는 통 안에 한입 크기로 포장된 작은 바움쿠헨<sub>굵</sub>은 막대에 밀가루, 버터, 달걀 따위를 여러 켜로 바르면서 구워 절단면이 나이테처럼 생긴 원통의 케이크이 보여 겐토는 그걸 두 개 꺼내 할아버지에게 건네주었다.

"고맙다. 그리고 차 한 잔 타줄래? 미안허다."

그런 건 직접 하기로 하지 않았냐는 말이 입 밖으로 나오려고 했지만 겐토는 그 말을 꿀꺽 삼켰다. 이제부터는 과도한 병간호가 필요했다. 목이 마르든 마르지 않든 무언가를 먹을 때면 할아버지는 항상 마실 것을 함께 위장에 넣으려고 했다. 겐토가 차를 한 잔 타서 소파 쪽으로 가자 그제야 할아버지는 "잘 먹을게" 하고 바움쿠헨을 먹기 시작했다. 아침에는 엄마에게 차라리 자기를 죽이라며 소란을 피웠던 사람이 8시간 만에 이런 꼴이라니. 그러나 겐토는 그게 이상하게 느껴지지 않았다. 할아버지는 부드럽고 달콤한 간식이라는 눈앞의 욕망에 사로잡히는 사람이었다. 그런 사람인 만큼 직면한 고

통에서 도망치기 위해 죽기를 바라는 것도 당연한
일이었다.

적막함을 깨려고 겐토는 일부러 텔레비전을 켠
채로 점심을 먹었다. 식사를 다 마치고는 식탁에
앉아 차를 마셨다. 소파에 앉아 있는 할아버지의
작은 머리는 죽은 것처럼 미동도 하지 않았다. 얼
굴은 버라이어티 쇼가 방영되는 텔레비전 화면을
향해 있었지만, 그 눈이나 의식이 내용을 제대로
따라가고 있는지는 알 수가 없었다. 그래도 일단
다른 걸 봐도 되겠냐고 물어본 후, 겐토는 대여점
에서 빌린 DVD를 틀었다. 반납일이 내일이라 빨
리 봐야겠다는 생각이었다. 영화는 〈이오지마에서
온 편지Letters From Iwo Jima, 硫黄島からの手紙, 클린트 이스트우드
가 감독. 공동 제작을 맡은 미국과 일본 합작의 전쟁 영화〉였다.
화면이 재생되자 겐토는 전쟁을 직접 경험한 할
아버지에게 미국인 감독이 만든 전쟁 영화를 보여

쥐도 되는 건지 잠시 긴장이 되었다. 영화가 시작되고 10분 정도가 지나자 보청기를 만지작거리던 할아버지는 방으로 들어가야겠다며 자리에서 일어났다. 특별히 괴로운 기억이 떠오르는 것 같지도 않고 화를 내지도 않는 걸 보니, 단순히 텔레비전 드라마를 볼 때처럼 스토리를 따라가는 게 힘든 모양이었다.

영화를 보다가 문득 겐토는 할아버지가 이 집에 와서 처음으로 병원에 입원했던 때를 떠올렸다. 할아버지는 폐에 물이 차서 괴로워하다가 구급차에 실려 갔다. 온몸에 튜브를 잔뜩 단 채 병원 침대에 누워 있었는데, 며칠 후 간신히 말을 할 정도로 회복되자 병원에 찾아온 겐토에게 이런저런 이야기를 하기 시작했다. 이야기 사이에 주변 사람들에게 감사하다는 말이 과할 만큼 섞이긴 했지만, 어쨌든 전쟁 중에 있었던 구체적인 일화를 본인에게서 들은 것은 그날이 처음이었다. 할아버지가 당시 여

**과련**予科練, 구일본 해군의 항공병 양성 제도 중 하나이라는 해군 학

교에 강제로 들어갔다는 것도 처음 안 사실이었다.

특공대特攻隊, 2차 세계대전 말기에 비행기 따위로 자살적인 육탄 공격을 한 일본군 부대에 갈 기회를 놓쳐 덤으로 얻은 인생치고는 괜찮았다는 말을 몇 번이고 듣게 된 겐토는 가까운 사람의 생생한 증언을 들을 수 있다는 것이 좋았다. 그러나 한편으로는 자기와는 상관없는 곳에서 벌어진 전혀 알지 못하는 이야기가 할아버지나 할아버지의 자손인 자신의 인생에까지 멋대로 치고 들어오는 것 같아서 거북했다.

그 후로 2년이 지났다. 미수未遂로 시작해서 덤으로 얻었다는 인생. 그 덕분에 지금의 겐토가 존재하는 것이다. 영화를 다 본 겐토는 할아버지의 방으로 들어가 보았다. 깜깜한 방 안에서 침대에 누워 있는 할아버지가 눈을 가늘게 뜬 채 천장을 바라보고 있다는 것을 눈동자에 반사되는 빛으로 알아차렸다.

"에미냐?"

"나야. 엄마는 두 시간은 더 있어야 돌아올걸."

창밖은 어두웠다. 할아버지는 겐토가 들어올 때 침대에서 일어나 불을 켜려고 했다. 하지만 겐토는 그걸 제지하고 머리맡에 있는 리모컨으로 불을 켰다. 이런 식으로 세세하게 자유로운 행동을 빼앗아야 했다.

"너무 추워……. 오늘은 아침부터 고약한 냄새가나. 아주 고약혀."

"정말 그렇네. 내 방에는 이런 냄새 안 났는데."

커튼이 쳐진 창가로 다가가보니 창문이 10센티 정도 열려 있었다.

"창문이 열려 있는데?"

"어?"

"기억 안 나? 으이구, 창문을 열어놨으니 당연히 춥지."

자기 말투가 마치 엄마처럼 거칠었다는 걸 알아차리고 겐토는 얼른 입을 다물었다. 음식물 쓰레기가 썩은 것 같은 냄새가 났다. 쓰레기 분리수거도 제대로 하지 않고 반사회적으로 구는 옆 동의 쓰레

할아버지가 입에 달고 사는 말,
"이제 죽어야지."

기 집 노인이 웬일로 환기라도 시킨 걸까. 아니면 같은 동에 사는 중국인들이 쓰레기 버리는 날도 안 지키고 그냥 내놓은 걸까.

사실 이 뉴타운에 사는 중국인들은 대부분 IT 기업에서 일하는 샐러리맨이나 유학생이라서 관습의 차이 때문에 가끔 이웃들과 부딪히는 일이 있어도 배운 사람들이라 대화를 하면 충분히 타협점을 찾을 수 있었다. 하지만 이 나라 국민인 일본 노인들은 시청에서 나온 복지과 직원이나 간병인들이 아무리 도와주려고 해도 소용이 없을 만큼 함부로 행동했다. 대화 자체가 불가능한 것이다. 겐토는 고개를 저으며 창문을 닫았다.

"하나도 기억이 안 나. 아주 바보가 된 모양이여. 이제 안 되것어. 죽는 게 낫지."

제대로 뒤척이지도 못할 만큼 몇 장이나 되는 이불을 뒤집어 쓴 채 누워 있는 할아버지는 빼꼼 내민 얼굴 앞으로 작은 두 손을 맞대며 중얼거렸다.

"이렇게 좁고 어두운 방에 혼자 있으면 우울해지

는 게 당연해. 나도 가끔 산책이라도 하지 않으면
꼭 바보가 되는 기분이라니까."

"산책을 하고 싶어도 이 근처는 전부 언덕바지라
힘들어. 아래로 내려가려고 해도 맨 계단이고. 얼
마나 가파른지……."

겐토는 어릴 때 자주 놀러갔던 나가사키의 외가
와 그 근처의 언덕들을 떠올렸다. 나가사키의 언덕
은 괜찮고 도쿄의 언덕은 걷기 힘들다니, 말이 안
되는 소리였다. 하지만 사실 자동차가 없으면 살기
힘든 시골에서 10년 가까이 장애인 할인이 되는
택시만 타고 다니다가 다리와 허리가 약해진 탓도
있긴 할 것이다.

"너한테도, 니 엄마한테도 폐만 끼쳐서 미안허
다. 저승사자가 데리러 오기만 기다리고 있어."

그렇게 중얼거리던 할아버지가 두 눈을 꾹 감았
다. 자글자글한 주름이 눈구석에 몰리는 것처럼 보
였다. 겐토는 괜스레 짜증이 났다. 할아버지는 끝
까지 수동적인 태도만 보이고 있었다. 지금껏 겐토

는 전쟁을 경험한 사람은 인내심이 강하고 사려가 깊을 거라는 생각을 가지고 있었다. 게다가 특공대 출격까지 할 뻔했던 사람이라면 현대인이 도저히 상상할 수 없을 정도의 깨달음을 얻지 않았을까 기대하기도 했다. 하지만 그런 건 전부 환상에 불과했다. 할아버지에게서는 목표를 달성하기 위해 노력한다는 자발적인 패기가 전혀 느껴지지 않았다.

할아버지보다 다섯 살이나 어린 영화배우 클린트 이스트우드는 아까 봤던 〈이오지마에서 온 편지〉뿐만 아니라 그 후로도 여러 영화를 감독하고 직접 출연하면서 아직까지 정력적으로 활동하고 있었다. 그런데 할아버지는 이게 뭐란 말인가. 손자인 겐토는 부끄러움을 감출 수가 없었다.

"누워만 있으면 안 되겠지 싶어서 매일 집 안에서 지팡이를 짚고 댕기기는 하는디 지팡이 소리가 시끄러워서 방해될까 봐……. 아무도 없을 때만 걷고 있어. 근데 오늘은 너무 춥고 온몸이 아파서……."

"맞아. 할아버지, 이제 그렇게 안 걸어도 돼. 충분히 애썼어."

맨소래담을 입술이 아니라 거의 입 안까지 바른 할아버지는 머리맡에 잔뜩 늘어놓은 약 더미 속에서 하늘색 뚜껑이 달린 안약을 꺼냈다. 거기에는 이미 뜯어 놓은 것과 개봉도 안 되어 있는 같은 종류의 안약이 4, 5개는 들어 있었다.

"요양 서비스 받으러 갈 때 들고 가는 파우치에도 들어 있잖아."

할아버지는 집에 있을 때 쓰는 것과 외출용으로 쓰는 파우치를 각각 하나씩 가지고 있었다. 그 안에는 작게 나누어 놓은 약이 든 비닐봉지와 더 작은 파우치가 들어가 있었다. 하지만 이렇게 세세하게 분류가 되어 있으니 어디에 무엇이 있는지 기억하지 못하는 것도 당연한 일이었다. 할아버지는 지금 쓸 안약을 신중하게 고르더니 침대 헤드보드 역할을 대신하는 책장을 뒤졌다.

"겐토야, 휴지는 어디 있냐?"

"어? 다 쓴 휴지 갑을 여기에 찌그러뜨려 놨네. 내가 새로 가지고 올게. 간 김에 오늘은 빨래도 개어줄 테니까 그냥 누워 있어."

"고맙다. 미안허구나."

할아버지의 인사에는 이미 아무런 의미도 남아 있지 않았다. 할아버지의 말을 한 귀로 흘리며 새 티슈를 갖다준 후 겐토는 빨래를 걷어 거실 옆의 다다미방에서 개기 시작했다.

평소 빨래 개는 것은 재활 훈련 삼아 할아버지에게 시키고 있었다. 엄마나 겐토가 하면 5분 만에 끝날 일을 할아버지는 30분이 넘게 붙들고 있었다. 결국에는 제대로 정리도 못하고 울며 매달리거나 의기소침해지는 경우가 많았다. 차라리 처음부터 엄마나 겐토가 하는 것이 편했다. 그러나 교도소 안의 공장 노동처럼 사회적으로 도움이 된다는 의미라기보다는 본인의 자립을 위해 필요한 노동이었다.

진정으로 효심 깊은 손자가 되기 위해서는 할아

버지의 홀로서기를 위한 기회를 하나씩 빼앗아야
했다.

겐토는 다 갠 옷들 중에서 자신과 할아버지 옷만
빼서 옮겨놓고, 바로 청소를 시작했다. 할아버지
방 앞에서 거실까지 이어지는 복도 구석구석에는
장해물이 될 만한 상자들이 놓여 있었다. 그것들을
상자 하나에 다 모아 정리하고 창고에 넣어 복도의
배치를 바꾸었다. 그다음에는 세면대와 주방도 정
리했다.

땀까지 흘리면서 한 시간 정도 청소를 했더니 할
아버지가 자주 오가는 길이 몰라볼 정도로 깨끗해
졌다. 이제는 장해물을 피해 가는 상황 파악 능력
이나 근력도 지금의 절반만 쓰면 될 것이다.

"어이구, 엄청 깨끗해졌네. 고맙다."

"할아버지가 편하게 지내면 좋지."

사용하지 않는 능력은 쇠퇴할 것이다. 복도에 선
채로 할아버지의 말에 대답한 겐토는 더 할 수 있
는 일이 없나 이리저리 둘러보았다.

2

할아버지 죽이기
작전을 시작하다

일어난 지 한 시간 정도가 흘렀다. 겐토는 연락 온 데가 없나 핸드폰을 확인해봤지만, 아무것도 없었다. 어제 면접을 본 기업에 합격이 되었다면 정오까지 통지가 올 터였다.

갑자기 재채기가 나와 코를 풀고는 그냥 소파에 드러누워버렸다. 요 며칠 괜찮은 것 같아서 알레르기 약을 안 먹었더니, 오늘은 아침부터 증상이 심해졌다. 일단 급하게 약을 먹고 안약과 점비제도 넣었지만, 효과는 바로 나타나지 않았다. 가랑비가 내리는 날씨라 날리는 꽃가루도 적을 텐데 이상하게 한번 알레르기 반응이 일어나면 거의 반나절은 고생했다.

재채기는 끝도 없이 터졌다. 코가 막힌 탓에 반쯤 벌린 입으로 숨을 쉬다 보니 숨소리도 귀에 거

슬릴 정도로 시끄러웠고 눈가도 가려워 견디기가 어려웠다. 공부는커녕 영화를 볼 마음도 들지 않았다. 일어난 지 얼마 되지 않아 다시 잠들 수도 없었다. 이런 게 생지옥이 아니면 뭐란 말인가.

할아버지도 노인 요양 서비스를 받으러 가서 집에 없었다. 집에 사람이 없을 때는 열쇠를 가지고 있는 도우미가 집 안으로 들어와 할아버지를 버스까지 모셔다 태워주기 때문에 겐토는 인기척을 죽이고 없는 척을 했다. 젊은 여성 도우미의 또랑또랑한 목소리와 거기에 대답하는 할아버지의 의외로 명확한 소리가 완전히 사라질 때까지 겐토는 이불을 뒤집어쓰고 숨을 죽였다. 그 순간 마치 건강한 두 사람이 자신을 내버려둔 채 떠나가는 듯한 기분이 들었다.

아무튼 지금 이 상태로는 할아버지를 돕는 일, 다시 말해 생산적인 행동 같은 것은 도저히 불가능할 것 같았다. 겐토는 그저 자신에게 몰려드는 불쾌감에서 벗어나고 싶다는 마음뿐이었다.

아미는 지금 근무 중일 것이다. 어디 혼자 나가서 쇼핑이라도 할까 싶어도 수중에 돈이 없었다. 그나마 할 수 있는 건 운동 정도일까? 텔레비전을 끄고 베란다로 나가 두 손을 쭉 뻗자 쥐가 나는 것 같은 감각이 느껴졌다. 아직도 가랑비가 내리는 중이었다. 공기 중에 떠다니는 꽃가루도 이제는 좀 줄어들었을 것이다. 어쨌든 찌뿌둥한 몸으로 어두운 방에서 우울하게 시간만 죽이는 짓은 더는 하기 싫었다.

겐토는 방으로 돌아가 운동복으로 갈아입었다. 그 자리에서 팔굽혀펴기를 하고 난 후, 바로 복근운동을 했다. 겨우 그것만으로 숨이 가빠지고 체온이 확 올라가는 것이 느껴졌다. 가볍게 다리 스트레칭을 한 다음 운동화를 신고서 집 밖으로 나갔다. 운동 삼아 달리는 건 10년 만이었다.

겐토는 학창 시절 스키부 소속이었다. 그때 받은 훈련 덕분에 오랜만에 하는 운동에도 금방 감을 잡을 수 있었다. 겨울 합숙에 대비해서 일 년 내내 맨

바닥에서 훈련하고 대기했던 스키부원들은 교내 육상부의 장거리 선수들과 맞설 수 있을 만큼 단련되어 있었다.

겐토 가족이 살고 있는 뉴타운은 보도와 차도가 잘 분리되어 있어서 달리기에 괜찮았다. 하지만 전부 언덕뿐이라 달린 지 얼마 되지 않아 곧 숨이 차기 시작했다. 온몸이 후끈거리며 달아올랐다. 운동복과 피부, 머리카락을 적시는 것이 자신의 땀인지 가랑비인지 알 수가 없었다. 확실한 것은 달리면 달릴수록 알레르기 증상이 나아지고 있다는 것이었다. 몸은 알레르기 증상을 드러낼 여유마저 잃어버린 모양이었다.

점점 배 왼쪽이 아파오고 장딴지 근육에도 가벼운 통증이 느껴졌다. 그래도 코로 숨쉬기도 편해지고 눈가가 가려운 것도 훨씬 나아졌다. 말끔해진 몸 상태에 기분이 좋아져 겐토는 점점 더 멀리 달렸다. 달리고 있는 순간에는 머릿속을 채운 안개가 개는 것 같았다. 10년 만에 달리면서도 이렇게 제대로 달릴 수 있다는 것에 겐토는 자신의 육체가 얼마나 축복받은 것인지 다시 한 번 느꼈다. 할아버지는 절대로 할 수 없는 일을 자신은 이렇게 해내고 있었다.

맨션에 도착해 계단을 올라갈 때쯤에는 이미 두 다리와 배에서 느껴지던 기분 좋은 근육의 긴장감은 사라지고 없었다. 서른도 되지 않았는데 벌써 이렇게 약해진 건가. 한심하다는 생각도 들었지만, 그것보다 겐토는 자신에게 남아 있는 장점을 재발견한 것 같아 기쁜 마음이 더 컸다.

나는 걸을 수 있는 튼튼한 두 다리가 있다. 할아버지가 질색하는 계단을 이렇게나 간단히 오를 수 있다. 면접에서 떨어진 정도로 풀 죽지 말자.

숨을 헐떡이며 어두운 집으로 돌아온 겐토는 건강한 육체를 자랑이라도 하듯 복도에서 팔굽혀펴기를 스무 번 하고 샤워를 했다.

* * *

월요일 오후, 겐토는 차를 몰고 나갔다가 근처 은행에 들렀다. 계좌에서 3만 엔을 인출하면서 한 달 반 만에 통장을 정리해보았다. 그사이 각종 세금이며 학자금 대출 상환으로 확 줄어든 잔고를 확인하자 덜컥 무서워졌다.

은행에서 나온 겐토는 다시 차를 몰아 토요일부터 사흘 동안, 단기로 요양 시설에 들어간 할아버지를 찾아갔다. 평소에는 여기서 일주일에 3번 요양 서비스를 받고 집으로 돌아오지만, 아예 시설에 가서 단기로 머물면 따로 개인실을 배정받을 수 있었다. 엄마가 할아버지 병수발에 지친 탓에 한 달에 한 번은 여기에 할아버지를 맡겨야 했다.

오후 2시가 넘어서야 시설에 도착한 겐토는 바로 접수처에 가서 접수 절차를 밟았다. 불시에 검문해볼 요량으로 접수처에는 오후에 데리러 오겠다고만 전하고 언제 올지 시간은 말해주지 않았다.

할아버지가 묵는 방으로 향하는 길에 젊은 여성

도우미가 미는 휠체어에 탄 노파와 마주쳤다. 대체
숨을 언제 쉬는지 알 수 없을 만큼 큰 소리로 끊임
없이 뭐라고 떠들고 있는 노파는 70대 중반쯤 되
어 보였는데 아무리 봐도 겐토의 할아버지보다 건
강해 보였다. 복도를 걷다 보니 휠체어에 탄 건강
한 노인을 둘이나 더 보게 되었다.

　전문가의 과한 간병이 이것이구나 싶었다. 겐토
의 마음속에서 불쾌함이 치밀어 올랐다. 그들이 환
자에게 친절히 대하는 건 위태롭게 돌아다니는 노
인들 때문에 업무 방해를 받지 않기 위해서다. 혹
은 노인들이 넘어져서 괜히 책임을 지게 되는 위
험을 줄이기 위한 행동일 뿐이다. 간병 시설 입장
에서는 간병 등급이 올라가야 국가나 자치단체에
서 주는 보조금이 올라가니 무조건 친절할 수밖에
더 있겠는가. 전문 간병인들의 과잉 친절과 겐토가
할아버지를 대하는 행동이 다를 바 없어 보이지만,
그 동기에 있어서는 전혀 다른 것이다.

　어차피 간병이 '직업'인 간병인들은 편하게 일하

기 위해 '친절함'을 발휘할 뿐, 환자의 의향에 맞추어 보살피고 있는 것이 아니다. 살고자 하는 의지가 있는 사람에게는 살면서 넘어야 할 어려움을 이겨 낼 수 있는 힘을 길러주고, 죽고 싶어 하는 사람에게는 힘든 요소들을 없애 안락함을 제공해야 한다. 겉으로 보기엔 똑같아 보여도, 자기가 편하게 일하고 싶어서 무엇이든 도와주는 것과 존엄사를 위해 마음속의 갈등을 억누르며 도와주는 것은 전혀 다른 일이다.

진심으로 죽고 싶어 하는 환자를 가려내 휠체어에 태우고 걷지 못하게 해서 근육을 약화시켜야 한다. 또 천편일률적으로 제공되는 식사에서 중요한 단백질을 빼 제 2의 심장이라고 불리는 다리의 근육을 약하게 만들어야 한다. 그런데 그런 철저함이 이 시설의 간병인들에게서 전혀 느껴지지 않았다.

"이제 왔나?"

방에 들어선 겐토의 얼굴을 잠시 바라보더니 할아버지가 입을 열었다.

"아이구, 머리를 아주 짧게 잘랐네?"

"응, 이맘때에는 꽃가루가 날려서. 머리에 많이 들러붙더라고."

시설에서 나온 겐토는 할아버지를 차에 태워 자주 다니는 종합병원으로 향했다. 할아버지의 재진 접수를 하면서 겐토는 자신의 이비인후과 재진 접수도 같이했다. 평일 오후다 보니 혼잡한 병원에는 노인들이 대부분이었다. 서로 아는 사이인지 수발을 드느라 따라온 사람인지 알 수는 없었지만, 단골 가게를 찾은 듯 서로 잡담하며 떠들어대는 노인들의 소리에 귀가 따가웠다.

동네 사랑방을 대신해 병원을 드나드는 노인들은 의료비의 본인부담금이 10%에서 30% 정도밖에 되지 않는다. 그 나머지를 부담하기 위해 젊은 세대들이 엄청난 금액의 세금을 내고 있는 것이다. 별것도 아닌 일로 뻔질나게 병원에 다니는 겐토의 할아버지는 결국 국고와 겐토 세대의 저축을 간접적으로 갉아먹고 있는 셈이었다.

"스트레스 때문인지 뭔지 혈압도 높더라고. 식사도 방에서 하라고 하더라만 식당에라도 안 가게 되면 진짜 누워 있기만 하고 달리 할 일도 없어서. 어떻게든 걸어가려고 했는데 결국 도우미가 식당까지 휠체어에 태워서 데려다주더라고."

할아버지는 시설에서 보낸 사흘을 비통한 어조로 설명했다.

"방이 전부 똑같이 생겼잖아. 그래서 어디 나갔다가 오면 내 방이 어디인지를 모르겠더라고. 화장실도 집이랑 다르니까 어디에 있는지도 모르것고, 약 놔둔 장소도 모르것고. 눈도 잘 안 보여서."

"응."

"집 말고 딴 데서 자구 그러면 뭐가 뭔지를 통 모르것어. 그래서 그런지 혈압도 사흘 내리 계속 높았고. 그래도 집에 가면 너나 니 엄마한테 폐만 끼치고. 이제 난 아주 바보가 된 거 같애. 얼른 죽는 게 나은디."

시설에서 지내다가 집에 오게 되면 할아버지는

노상 같은 소리를 해댔고, 이제 겐토는 할아버지의 말을 통째로 외울 수 있을 것만 같았다.

"봐라. 손도 이렇게나 퉁퉁 부었어."

그렇게 말하면서 할아버지는 불그스름한 두 손을 들어 보였다. 겐토 눈에는 노인치고 주름도 적고 깨끗한 손으로밖에 보이지 않았다. 할아버지는 평소처럼 자기 몸이 어디가 안 좋은지, 어디가 아픈지 그런 것들만 찾아가며 사흘을 보낸 모양이었다.

"팔하고 다리하고 안 아픈 데가 없어."

할아버지가 아프다고 문지르는 부분은 대부분이 관절이 아니라 근육이었다. 겐토도 요즘 들어 온몸 구석구석 근육통에 시달리고 있었다. 젊은 겐토에게 고통이란 염증이나 몸의 위험을 알리는 신호이며, 근육통은 회복을 동반한 더 큰 성장을 약속하는 것이다. 다시 말해, 후유증이나 건강상의 문제가 발생하는 것이 아니라면 별말 없이 참을 수 있는 것이다.

그러나 할아버지는 달랐다. 할아버지에게 고통

은 고통 그 자체일 뿐이었다. 끊임없이 고통의 신호를 수신하다 보면 인간적인 사고가 결여되어 현상에 숨겨진 속뜻을 더 이상 파악할 수 없게 되는 것일까? 그렇기 때문에 고통을 얼버무리기 위해 넘칠 만큼 많은 약을 먹고, 약이라는 독이 육신을 갉아먹는 것도 마다하지 않는 것인지도 몰랐다. 할아버지는 건강을 지키는 데 필요한 최소한의 운동도 '피로'라는 표면적인 어려움만을 생각하며 기피해버렸다. 운동해서 근육을 키우고 혈액순환을 개선시켜 신경통을 낫게 하려는 노력 같은 것도 하지 않았다. 마치 짐승과도 같은 그 즉물적即物的이며 단락적인 사고방식이 겐토를 섬뜩하게 했다.

"다나카 씨. 다나카 겐토 씨."

중년 여자 간호사의 간살맞은 호명에 겐토는 불안해하는 할아버지를 혼자 두고 자리에서 일어났다.


할아버지를 집까지 데려다준 후, 전철을 타고 신

주쿠로 향한 겐토는 저녁까지 친구와 놀고 있던 아미와 가부키초의 러브호텔로 직행했다. 아미가 먼저 샤워를 하는 사이, 팬티 한 장 차림으로 팔굽혀펴기를 하고 스쾃squat을 시작했다.

요즘은 일주일에 두세 번은 달리기를 하고 이틀에 한 번은 근력 운동을 하고 있었다. 처음 달리기를 시작했을 때는 하반신의 근육통이 나흘 넘게 지속되었지만 이제는 이틀이면 가라앉았다. 점점 근육통이 사그라들자 문득 아무런 성장도 일어나지 않는 것만 같은 불안감을 느꼈다. 마치 쓰지 않는 근육이 그대로 퇴화되어 누워만 있는 노인처럼 되어버리는 것은 아닐까, 하는 불안감이었다.

그러나 무엇보다 겐토는 근력 운동을 한 직후부터 육체와 정신에 활력이 솟구치는 듯한 감각이 몇 시간이고 이어지는 것에 푹 빠져 있었다.

아미와 섹스를 할 때 첫 번째는 금방 사정해버린다는 점은 변함없었지만, 그래도 30분도 지나지 않아 두 번째에 도전할 수 있을 정도가 되었다. 정

2.
할아버지 죽이기 작전을 시작하다

력이 강해진 것은 모르겠지만 적어도 사정까지 도
달하기 위한 근력과 심폐 능력이 강해졌다는 것은
분명했다.

"요즘 굉장해."

두 번째를 끝내고 아미의 칭찬을 받은 겐토는 침
대에서 호흡을 가다듬으며 체력적으로는 세 번도
할 수 있을 것 같다고 생각했다. 하지만 이제는 체
력이 아니라 다른 것이 문제였다. 콘돔 없이 생생
한 쾌락을 느낀다면 세 번째 사정도 가능할 것 같
았지만, 아직 아무것도 이루어놓지 못했는데 새로
운 생명이 생기기라도 하면 큰일이었다. 콘돔을 착
용한 상태에서 세 번째 사정을 성공시키려면 더욱
단련이 필요할 듯싶었다.

쓰지 않는 기능은 쇠퇴한다. 지금까지 그런 식으
로 살아왔다면 이제는 그 반대의 길을 가야 했다.

"그 스포츠머리 너무 짧은 거 아냐?"

당분과 단백질 보충을 겸해서 소고기 덮밥 체인점에서 밥을 먹고 있을 때였다. 옆에서 카레를 먹고 있던 아미가 겐토의 옆얼굴을 쳐다보며 말했다. 그 목소리에는 짧은 머리가 어울릴 정도로 두상이 예쁘지 않으니까 빨리 이전처럼 머리를 기르면 좋겠다는 뉘앙스가 담겨 있었다.

그러나 운동을 하며 샤워를 할 일이 많아진 겐토는 고등학생 시절 이후 오랜만에, 운동하는 데 어울리고 딱히 신경 쓸 필요가 없는 헤어스타일에 푹 빠져 있었다. 새로운 이성을 만나기 위해 애쓰던 시기였다면 이런 별 볼 일 없는 머리 모양은 하지 않았을지도 모른다. 그러나 지금은 곁에 아미가 있었다. 괜히 진득거리기만 하고 불쾌한 왁스를 발라대며 조금이라도 인기를 끌어보려는 머리 모양을 만들 필요가 없었다. 은근히 드는 직감적인 생각이긴 했지만, 좀 촌스러운 머리를 한 것 가지고 아미가 떠날 것 같지는 않았다.

"그래도 그냥 막 민 게 아니라 스타일을 살린 스

포츠머리거든? 꽃가루가 들러붙으니까 어쩔 수 없잖아. 너는 내가 화분증 때문에 콧물이나 질질 흘리고 다니면 좋겠어?"

전철을 타기 위해 신주쿠역의 홈으로 내려갈 때, 아미는 평소처럼 계단과 에스컬레이터를 무시하고 바로 노약자 전용 엘리베이터로 향했다. 전철에서는 앉을 자리를 남에게 빼앗기자 귀에 들릴 정도로 크게 혀를 찼다.

"요즘 서 있기만 해서 발이 엄청 부었어. 발이 뚱뚱해지면 어떡해."

"붓는다, 붓는다, 쫑알거리긴. 뭐 어쩌라는 거야."

손잡이를 꽉 쥔 채 쏟아내는 아미의 한숨 섞인 투덜거림에 겐토는 자기도 놀랄 만큼 험악한 말투로 대꾸하고 말았다.

입을 꾹 다물어버린 아미는 다음 역에서 자리가 나자마자 엄청나게 빠른 속도로 달려가 자리에 앉았다. 그러고는 움직이지 않겠다고 선언이라도 하는 것처럼 상반신을 굽히며 고개를 푹 숙였다. 설령 눈앞에 노인이나 임산부가 서 있어도 모른 척하려는 듯한 그 자세에서 마치 무술을 연마하는 사람 같은 엄숙한 기백까지 느껴졌다. 자리에 앉기 위해서라면 남자 친구와 시선을 마주하는 일도 거절하는 아미의 둥그스름한 자세를 내려다보며 겐토는 확신했다. 힘든 일은 어떻게든 피하려고만 하고 무조건 편한 것이 최고라는 아미는 앞으로 뚱뚱한 아주머니가 될 것이 뻔했다.

사실 통통한 체형이 겐토의 취향이긴 했지만, 뚱뚱한 몸을 만드는 돼지 같은 정신 상태는 도저히 참을 수가 없었다. 게다가 요즘 들어서는 그런 생각이 더욱 강해지고 있었다.

전철이 도쿄 외곽으로 향하면서 점점 한산해진 덕분에 겐토도 아미의 옆자리에 앉을 수 있었다. 그러나 앉자마자 차량의 저편에서 문에 기대고 선 노인을 발견했다. 남자는 봉 형태의 손잡이를 붙잡고 있는 걸로 보아 어느 정도 몸을 지지할 것이 필요한 노인 같았다. 금방 내릴지도 몰랐지만 겐토는 자꾸 망설여졌다.

　여기서 노인에게 자리를 양보하는 것은 '친절'한 행위다. 그러나 저 노인이 아직 더 건강하게 살고 싶어 하는 사람이라면, 자리를 양보하는 행위는 저 노인의 몸을 약하게 만드는 행위가 된다. 정말로 '친절'하게 대한다면 자리를 양보해서는 안 되는 것이다. 그러나 자리를 양보하지 않자니 아미나 다른 승객들처럼 자신의 자리를 지키려고 하는 이기적인 사람으로 보일까 봐 걱정되었다. 겐토는 행위의 이면에 숨은 자신의 친절을 보일 수 없다는 것이 너무 답답했다.

　컨디션이 좋아진 덕분인지 행정서사 자격시험 공부는 아침부터 순조로웠다. 요즘에는 잠이 드는 것도 힘들지 않았고 낮 동안 잠시 눈을 붙이는 시간도 훨씬 줄어들었다. 겐토는 이제 완급을 잘 조절하며 공부에 매진할 수 있게 되었다.

오후 1시쯤에 점심을 먹고 한 시간 정도 지나자 슬슬 집중력이 바닥을 드러냈다. 이때를 기다렸다는 듯 겐토는 아무도 없는 다다미방으로 가서 근력 운동을 시작했다. 핸드폰의 인터벌타이머 기능을 이용해서 80초간 틈을 주지 않고, 화장대 의자에 발을 올려 지탱한 채로 팔굽혀펴기를 해냈다. 80초가 지난 후 무너지듯 쓰러진 겐토는 30초밖에 안 되는 짧은 휴식을 이용해 헉헉거리며 필사적으로 숨을 들이쉬었다. 머리에 피가 몰리고 피로물질도 급속하게 쌓이는 이 동작은 여러 운동 중에서도 가장 괴로운 축에 속했다. 헐떡거리며 숨을 들이쉬고 있었지만 대흉근이나 배근 같은 근육은 아프지 않았다. 그 부위의 근육은 성장할 기미를 보이지 않는다는 뜻이었다. 변화를 두려워하는 자신의 몸은 무엇을 남겨두려는 것일까. 새로운 것을 만들어내기 위해서는 철저한 파괴가 필요했다.

짧은 휴식 후 다음 80초도 겐토는 목표로 삼은 근육을 의식하며 철저하게 자극을 주었다. 부들부들 떨면서 80초를 견뎌냈지만 턱부터 바닥으로 떨어지는 바람에 혀를 깨물 뻔했다. 필사적으로 숨을 들이쉬고 있자니 이 편안한 상태에 젖어 지옥 같은 운동은 때려치우라고, 온몸이 겐토에게 절절하게 호소하는 듯했다. 그러나 겐토의 뇌리에는 안락만을 추구하다 혼자서 제대로 걷지도 못하게 된 늙은 인간의 모습이 너무나 선명하게 박혀 있었다.

눈앞에 있는 편안함에 속지 마라. 게으름을 피워서는 안 된다. 겐토는 스스로에게 말을 걸면서 정해놓은 근력 운동을 차례차례 이어나갔다. 바닥에서 얼굴을 떼는 동작 하나하나가 누워만 지내는 생활에서 정반대의 길로 자신을 이끌어 줄 것이다.

막바지로 갈수록 지옥 같던 고통이 쾌감으로 변하기 시작했다. 무너지고 있던 몸이 재정립되고 있다는 쾌감이었다. 근육통이라는 염증이 전신에 퍼진다면 몸에서는 단백질을 원료로 한 재건축이 이루어질 것이고, 몸과 정신은 테스토스테론대표적인 남성 호르몬으로 근육과 생식 기관의 발육을 촉진함의 분비와 함께 다시 깨어날 것이다.

다섯 세트의 운동을 끝내자마자 겐토는 낫토삶은 콩을 발효시켜 만든 일본 전통음식으로 한국의 청국장 비슷한 발효식품와 채소로 영양분을 섭취하고 얼굴을 씻었다. 그리고 바로 방으로 돌아가 다시 공부를 시작하자 기묘한 고양감이 심신을 감쌌다. 끝없이 맑고 선명해진 머리로 덤벼들 듯이 학습 내용을 암기하고 모의 문제를 풀었다. 꽤 어려운 문제도 나왔지만, 뜻대로 되지 않아 발생하는 스트레스를 극복하는 과정이 오히려 기분 좋았다. 뇌의 신경 세포가 총동원되어 더욱 단단하게 연결되고 단련되는 것만 같았다.

겐토는 '사용하지 않는 기능은 쇠퇴한다'는 슬로건을 마음에 새기고 계속 되뇌었다. 자신의 슬로건대로 두 시간 정도 공부를 한 뒤, 하루에 세 번씩 반복하고 있는 자위를 시작했다. 사정 능력은 사정으로 더욱 단련될 것이었다. 컴퓨터로 야동을 틀어놓고 오늘 두 번째 자위를 사무적으로 마친 다음, 알람시계를 25분 후로 맞추어 놓고 침대에 누웠다.

누운 순간에는 전혀 졸리지 않았지만 겐토의 의식
은 어느 사이엔가 저 먼 곳으로 떠나가버렸다.

　알람 소리에 잠에서 깨어났을 때는 불쾌한 기분
이 들었다. 그러나 곧바로 자리에서 일어나 기지개
를 켜자 몸과 정신의 피로가 사라졌다. 다시 책상
에 앉아 영어로 된 영화를 자막 없이 보는 연습을
하고 CD를 틀어놓은 채 영어 공부를 했다. 삼류대
학에 다닐 때 이후로 8년 만에 시작한 영어 공부는
제 속에서 여러 가지를 무너뜨리고 다시 세우고 있
는 겐토에게 아주 신선하게 다가왔다. 뇌가 새로운
자극에 활성화되는 느낌은 겐토를 정신없이 빠져
들게 했다.

　자신의 온몸을 개조하기 위해 노력하고 있는 겐
토의 망설임 없는 행동에는 노인을 약하게 하는 것
과 반대인 행동을 하면, 자신의 능력이 향상되고
인생도 전진할 것이라는 단순한 깨달음이 깔려 있
었다. 그런 깨달음을 십 대 때 얻었더라면 좋았을
것이다. 서른이 다 되어서야 인생의 진리를 깨달은

겐토는 지금 무직 상태이지만, 절망감을 느끼기보다 오히려 자신의 삶을 마음껏 누리고 싶다는 기분이 넘쳐났다.

어느덧 저녁이 되었다. 겐토는 오늘 운동의 마무리로 다다미방에서 의자에 발을 올려놓고 팔굽혀펴기를 시작했다. 아무리 근력이 붙었다 해도 팔굽혀펴기는 무서웠다. 숨이 차오르고 피로 물질이 금방 한계까지 쌓이는 건 아무리 노력해도 스스로 조절할 수 있는 것이 아니었기 때문이다. 그러나 지옥 같은 고통이 가져다주는 공포심에 내성이 생기지 않는다면, 다른 부위를 한계까지 단련시킬 수는 없을 것이다. 이를 악물고 운동을 하고 있는데, 복도에서 지팡이 짚는 소리가 천천히 들려오기 시작했다.

네 세트를 마치고 다다미 위에 죽은 벌레처럼 엎드려 있는데, 어느새 들어온 할아버지가 겐토를 내려다보며 웃고 있었다.

"열심히 하네."

"후우……."

"옛날에 그걸 급강하라고 했어. 나두 다 해봤지."

그 말만 하고 할아버지는 차를 마시려는 건지 약을 먹으려는 건지 발길을 주방 쪽으로 돌렸다. '옛날'이라는 건 할아버지가 중학생이었던 시절이나 군대에 징집됐을 때를 말하는 걸까? 할아버지의 말을 듣자 겐토는 갑자기 자신의 몸이 색을 잃고 흑백으로 변하면서 멋들어진 스포츠형 머리가 빡빡머리로 변하는 듯한 기분이 들었다. 30초의 휴식을 취한 겐토는 마지막으로 '급강하' 훈련에 열정을 불태웠다.

거둬들인 빨래를 다 개고 할아버지 방으로 갔다. 할아버지는 의류함 안의 옷들을 바닥과 침대에 죄다 펼쳐놓고 어쩌면 좋을지 모르겠다는 표정으로 망설이고 있었다.

"옷 정리하게?"

"그려. 이제 한겨울 옷은 안 입잖어. 안 입는 옷까지 놔두면 뭘 입어야 할지 통 알 수가 있어야지."

침대에 걸터앉으며 할아버지가 말했다. 어느 것을 어디에 보관하고 대신 무슨 옷을 꺼내면 좋을지 파악하기가 힘든 모양이었다. 그러나 꺼내놓은 옷가지들은 모두 잘 개어져 있었다. 논리적인 판단은 어려워도 임기응변으로 눈앞의 일들을 해치울 수 있는 소소한 힘은 이렇게 남아 있었단 말인가? 겐토는 내심 놀라고 있었다. 할아버지의 겨울옷들은 다음 해에도 기분 좋게 입을 수 있도록 잘 개어져 있었다.

문득 그런 생각이 들었다. 할아버지는 내년 겨울까지 맞이할 작정인가?

그러고 보니 오늘은 한 번도 '죽고 싶다'라거나 '저승사자가 데리러 오면 좋겠다'는 말을 입에 올리지 않았다. 그러기는커녕 땀범벅이 되어 '급강하'를 하고 있던 겐토를 내려다보며 실실 웃기까지 했다.

설마 마음이 바뀌었나.

눈 안쪽의 핏줄이 터져서 가까운 것이 잘 안 보인다고 불평을 하긴 했지만, 평소처럼 몸이 아프다는 소리도 하지 않았다.

4월 초순의 봄볕이 좋은 오늘, 갑자기 할아버지가 분주하게 움직였다. 잘 돼가고 있는 것 같지는 않았지만, 옷을 정리하는 나름의 큰 작업에 몰두해 있었다. 다시 말해, 오늘은 어쩌다 할아버지의 육체적 고통이 덜하고, 할 일이 없다는 정신적인 지옥에서 벗어날 수 있는 날이었다.

4월 하순에서 5월 중순까지는 할아버지에게 비교적 쾌적한 시기였다. 그러다 장마가 시작되면 할아버지는 하루 종일 어두운 집 안에서 침울해하기 시작했다. 여름이 되면 체온 조절이 잘 안 되는 노쇠한 몸으로 에어컨이 틀어진 실내에서 두꺼운 옷을 입은 채 땀을 줄줄 흘리는 엉망진창인 꼴을 하고 있었다. 그러고는 '죽고 싶다'고 매일같이 중얼댔다. 즉, 기나긴 겨울과 여름 사이에 낀 이 짧디짧은 시기만이 할아버지가 살 만하다고 느끼는 유일한 시간이었다.

눈앞의 쾌적함과 일시적인 기분 변화에 홀려서는 안 된다. 어서 빨리 본래의 소망을 이루어주는 것이 본인을 가장 위하는 일이다. 겐토는 지금 이 자리에 있는 할아버지의 표정이나 행동에 현혹되지 않도록 주의하기로 마음먹었다. 지금 눈앞에 있는 노인은 1년 365일 중 330일 이상을 '죽고 싶다'고 절실히 바라고 있다. 곤란하기 짝이 없는 목표에 최대한 빨리 도달하기 위해서는 무엇을, 어떻게 해야 할지 가르치고 이끌어주어야 한다. 겐토는 자신이 어린애가 되어버린 할아버지의 부모라도 된 것 같은 착각에 빠졌다.

"하다가 막혔어?"

"뭘 어째야 할지 모르것어. 그래서 그냥 쳐다보고만 있었어."

함께 산 지 겨우 3년밖에 안 되었는데도 이런 일이 벌어지고 있는데, 앞으로 할아버지가 5년 혹은

10년을 넘게 살게 된다면, 그사이에 엄마가 먼저 할아버지를 목 졸라 죽일지도 몰랐다. 입주 양로원은 어디든 꽉 차 있어 순서가 돌아오기를 마냥 기다려야 했고, 입주 양로원이 아닌 민간 시설에 보낼 만한 돈은 없었다.

할아버지가 앞으로 더 오래 살 거라고 가정했을 때, 진통제 같은 약을 못 먹게 하면 힘든 몸 상태나 고통이 더욱 커질 것이다. 그랬다가는 매일같이 진행되고 있는 근육의 퇴화까지 합세해서 할아버지는 더 큰 고통에 시달릴 것이고, 본인뿐만 아니라 그 곁에서 간병하는 사람들의 스트레스도 지금보다 더 심해질 터였다. 겐토의 머릿속에 다이스케가 해준 충고가 스쳐 지나갔다. '어중간하게 몸을 약하게 만들면 기다리는 것은 지옥뿐이다.'

"내가 할게. 겨울옷은 어떤 건데?"

"미안하고, 고맙다. 고마워."

생각이란 것 자체를 못하게 할 테다. 할아버지가 자신의 뇌를 활성화할 작은 기회마저도 철저하게 빼앗아버리겠다고, 겐토는 옷 정리를 도우며 생각했다. 행동 하나하나를 친절하게 도와주는 행동이 할아버지의 뇌세포를 둔하게 만들어줄 것이다.

"저희 회사와는 인연이 없었지만, 이제 스물여덟이잖습니까? 얼마든지 도전할 수 있는 나이입니다."

겐토는 오전부터 핫초보리로 나가 면접을 보았다. 결과는 별로였지만 자기보다 10살 정도 많은 채용 담당자가 겐토를 따로 불러 이런 격려의 말을 해주었다.

지금까지 본 면접에서는 그 자리에서 알려줘도 될 결과를 나중에 통보하겠다고 사무적으로 구는 채용 담당자밖에 없었다. 이렇게 우연히 만나게 된 타인의 성실함에 겐토는 괜히 기분이 좋아졌다. 이 자리에서 바로 채용하지 못하겠다는 뜻을 정직하게 전해준 사람의 말이니만큼 겐토는 스물여덟 살의 자신이 아직 얼마든지 다시 시작할 수 있을 거라는 그 말을 믿고 싶었다.

오후에는 노래방과 볼링장이 한곳에 모여 있는 복합 레저 시설에서 시간을 보내고 차를 몰아 뉴타운의 외곽으로 향했다. 오코노미야키밀가루와 양배추 등을 재료로 한 철판구이의 일종 가게 주차장에 차를 세우자 아미가 조수석에서 내렸고, 두 사람이 탄 차를 따라온 미니밴에서 다이스케가 내렸다. 그을린 삼목 판자와 쇼와서기 1926년부터 1989년까지의 일본 연호 시대 느낌이 물씬 나는 포스터, 오래된 전등 같은 복고풍의 소품으로 꾸며진 가게 주차장에는 경차와 불법 개조한 차가 가득했다.

"우리가 굽지 말고 다 구워달라고 해도 되지?"

메뉴를 고르면서 겐토가 그렇게 제안하자 아미와 다이스케는 고개를 끄덕였다. 세 사람은 이미 이 가게에 몇 번 온 적이 있었다.

겐토가 처음 이 가게에 왔을 때는 할아버지가 나름 정정하던 때라 엄마까지 세 사람이 함께였다. 체인점밖에 없는 이 동네에 유일하게 복고풍으로 꾸민 개성 있는 가게가 생겨서 기뻐하는 겐토와는 달리 할아버지는 "거지들이 사는 집도 아니고……"라며 중얼거렸다. 일부러 허름한 느낌을 낸 취지를 전혀 이해하지 못한다는 걸 알고 겐토는 쓰게 웃었다. 결국 이 가게의 인테리어에 대한 겐토의 흥은 싹 달아나고 말았다. 쓴소리를 했음에도 할아버지는 오코노미야키의 부드러운 식감에 푹 빠져 정신없이 먹어댔다.

오픈된 주방에서 제일 상사로 보이는 사람이 '파이팅!'이라고 외치자 주방 근처에 있던 젊은 아르바이트생들이 힘차게 대답하는 것이 눈에 들어왔다. 가게의 손님들은 20대의 젊은이들과 고령자들뿐이었다. 주말이면 가족 단위의 손님이 오기는 하지만 손님 층에 그다지 큰 변화는 없었다.

도쿄의 남서부에 위치한 뉴타운에는 이제 고령자들밖에 남지 않았고 주변에 있는 대학 덕분에 이 지역과 연고가 없는 학생들만이 찾아왔다. 예전에는 입주를 희망하는 사람들이 넘쳐났고, 도쿄 도심에서 젊은 엘리트 계층들이 들어와 배가 부른 임산부와 어린아이들로 활기찬 모습을 보이기도 했다고 한다.

"그런데 겐토, 그렇게 갑자기 과하게 챙겨주면 엄마가 뭐라고 하시지 않아?"

겐토는 오늘 다이스케와 만나자마자 할아버지의 결심이 갑자기 흔들리고 있다는 것을 털어놓으며 조언을 구했다. 다이스케는 환자의 수만큼 그들의 인생과 성격도 다 다르니 매뉴얼에 맞추지 말라고 말했다. 스스로 판단해서 자기만의 방법을 찾아 환자의 욕구 실현에 도움을 주라는 것이었다.

"괜찮아. 티 안 나게 하고 있으니까. 그리고 매달 자기 돈을 쓰면서 할아버지를 돌보는 건 엄마거든. 누구보다도 할아버지가 죽었으면 하는 것도 엄마지만. 우리 할아버지는 고맙다느니 미안하다느니 그런 소리만 하면 뭐든 다 용서받을 수 있다고 생각하는 뻔뻔한 사람이야. 자기가 무슨 소리를 하는

지 알기나 하는 걸까 싶다니까."

"하긴 지나치게 비굴하게 구는 게 제일 짜증나긴 해."

"내 말이 그거야. 매일 죽고 싶다고 그 난리인데 빨리 그 소원을 들어주는 게 모두를 위해 제일 좋은 일이야."

"그런데 죽고 싶다고 그러는 것도 다른 말처럼 아무 의미 없는 얘기인 거 아냐? 다이스케 씨는 어떻게 생각해요?"

아미가 대화에 끼어들었다.

"아니, 그건 진짜 하는 소리야. 나는 그런 눈치는 빠르거든. 모르면 가만히 있으라고."

잠시 후 다이스케는 아내에 대한 불평을 털어놓기 시작했다. 잠자리에서 콘돔을 사용할 때마다 왜 자꾸 그걸 쓰냐고 혼나는 모양이었다.

"애는 많이 낳는 게 복이라는 식으로 구는 게 싫어. 혹시 콘돔에 구멍이라도 뚫어 놓을까 봐 겁나서 요즘은 플라스틱 케이스 안에 든 L 사이즈 라텍

스 콘돔을 산다니까."

　가게에서 나와 집으로 간다는 다이스케를 배웅하고 겐토와 아미는 하치오지 쪽의 단골 러브호텔로 향했다. 쉴 틈 없이 두 번의 섹스를 끝내고 겐토는 샤워를 하는 동안 허벅지 쪽에 신경을 쓰며 스트레칭을 했다. 섹스를 한 다음 날에는 꼭 허벅지 안쪽에 근육통이 생겼다. 이번에는 이걸 극복할 수 있으려나 생각하며 부지런히 움직였다. 이쪽 근육은 스쾃이나 데드리프트dead lift 같은 운동도 아무 소용이 없었고, 결국 섹스로 단련하는 수밖에 없었다. 섹스에 필요한 몸은 섹스로 만들어야 하는 것이다.

　겐토는 아미와 섹스를 반복하면서 매번 체력뿐 아니라 기술적으로도 성장했다는 실감이 들었다. 예전에는 전설적인 성인 영화 배우 가토 다카를 맹신해서 여성의 오르가슴을 위한 손가락 테크닉을 키우려고 열심이었다. 그러나 요즘에는 손가락을 단련해서 여성의 오르가슴에 매달려봤자 몸만 아

왜 자꾸 죽고 싶다고 하세요, 할아버지

플 뿐이고, 대부분의 여자에게 좋은 평을 듣지 못한다는 기사가 여기저기서 보였다. 즉, 다른 사람을 흉내 내봤자 아무 의미가 없고, 자신에게 맞는 자기 나름의 방법을 찾아야 한다는 것이다. 아미가 좋은 척 연기할 때와 진짜 오르가슴을 느꼈을 때를 구분해내는 것이 자기에게 주어진 시련이자 극복해야 할 어려움이라는 생각이 들었다.

젠토는 다시 불타올랐다. 세 번째 섹스를 할 때도 젠토는 철저하게 콘돔을 썼다. 젠토는 초박형 콘돔 같은 것은 거들떠보지도 않았다. 적당하고 일반적인 두께의 콘돔만 쓰는 데다 사정할 때는 질에서 페니스를 빼내 콘돔을 낀 채로 사정하는 철저함을 보였다.

"후우, 피곤하다."

허리 부근에 목욕 타월을 깔고 누우면서 아미는 마치 큰 계약이라도 한 건 따낸 사람처럼 말했다. 아미는 체액을 닦은 휴지를 쓰레기통에 던져 넣으려다 실패했지만 다시 주우러 일어서는 성의는 보이지 않았다.

"자려고?"

"피곤하면 졸린단 말이야."

시종일관 하늘을 보고 누워 있거나 엎드리기만
한 주제에 뭐가 피곤하다는 건지 겐토는 이해할
수 없었다. 정신없이 움직인 것은 나라고! 내가 좋
아하는 기승위cowgirl position, 여성상위의 체위를 말함 자세는
20초도 안 되어 다른 자세로 바꾸어버렸으면서!
겐토는 이불 밖으로 나온 아미의 희고 부드러운 상
반신을 노려보며 생각했다.

"매일 잠만 자는구나."

바닥에 떨어져 있는 휴지를 주워 쓰레기통에 버
리고 돌아오자, 아미의 얼굴이 뚱한 표정으로 바뀌
어 있었다.

"어차피 난 뚱땡이라 이거지?"

또 시작이군. 겐토는 속으로 혀를 찼다.

"난 어차피 뚱뚱하고 못생겼으니까 겐토는 나 말
고 다른 예쁜 애랑 사귀면 되겠네."

평소 같으면 자동적으로 튀어나왔어야 할 위로의 말이 오늘은 어째서인지 입에서 나오질 않았다. 아미도 당연히 겐토가 달래줄 거라고 생각했는데 아무 대답이 돌아오지 않자 화가 치밀어 오르는 모양이었다. 입술을 비죽거리며 똑같은 불평을 되풀이하기 시작했다. 상대방이 다독여줄 거라고 생각한 사람의 계속되는 불평은 근력 운동처럼 내성이 생기기는커녕 오히려 알레르기 반응처럼 몸 안의 내성을 갉아먹을 뿐이었다.

"그래, 그래야겠네."

짜증을 견딜 수가 없어 겐토는 그렇게 대꾸하고 말았다. 질투심 때문에 자꾸만 치근덕거리는 아미의 불평이 에스트로겐<small>난소에서 분비되는 대표적인 여성 호르몬으로 발정을 일으키게 하는 스테로이드 호르몬의 총칭</small>의 작용이라면, 겐토의 직설적인 분노는 테스토스테론의 작용이었을까? 하지만 자기도 모르게 튀어나온 말이 무색하게 겁이 난 겐토는 평소처럼 얼른 사과하기 시작했다.

다음 날인 토요일, 벚꽃이 지기 시작하는 시기에

밤부터 오전까지 계속 내린 비로 갑자기 기온이 전날에 비해 6도나 내려갔다.

"이제 죽어야것다. 저승사자더러 빨리 데리러 와달라고 빌고 있어, 지금."

또 불도 켜지 않은 방에서 옷을 몇 겹이나 껴입은 할아버지가 두 손을 모으며 말했다. 시험공부를 하다가 방에 들른 겐토는 대답 대신 과한 간병으로 자신의 마음을 전했다. 정리하다 만 옷을 치워주고, 물통과 컵에 든 물도 버리고 새로 갈아주었다. 그러고는 머리맡에 잔뜩 놓여 있는 약을 정리해서 각각 정해진 파우치에 담아두었다.

요 며칠, 할아버지는 날씨가 좋은 덕분에 컨디션이 나아진 건지 죽고 싶다는 말을 거의 하지 않았다. 그 때문에 할아버지의 마지막 소원을 위해 도움의 손길을 주던 자신이 마치 나쁜 짓을 하고 있는 것만 같은 죄책감이 들었다. 그러나 흐린 날씨가 찾아오자 할아버지는 바로 자신의 간절한 소원을 다시 호소하기 시작했다.

오늘은 엄마가 친구를 만나러 집을 비운 덕분에 겐토는 아침부터 다시 과도한 간병에 열중할 수 있었다. 할아버지가 좋아하는 부드럽고 달콤한 토스트를 살짝 태우긴 했어도 마가린과 잼을 잔뜩 발라 점심으로 차려주었다. 탄 음식과 마가린은 암을 유발하며 암은 죽음에 이르는 질병 중에서도 그나마 편한 축에 속한다는 이야기를 들은 적이 있었다.

어떨 때는 방의 커튼을 활짝 열어젖혀 들이치는 햇살로 피부암을 일으키려는 시도도 해보았고, 할아버지가 쓴 접시나 컵을 바로 치워서 운동할 기회를 빼앗기도 했다. 또 예전에 수면제를 먹고 자살하려고 했다가 실패한 날 이후부터 할아버지가 먹던 작은 '수면 유도제' 약병에 탄산음료를 넣어두었는데 그 병 안에 진짜 수면 유도제를 넣어두기도 했다.

"자기 할 일을 못하게 되면 다 끝이여. 헌데 어지간히 안 데리러 오네."

둥그스름한 등골 끝에 머리가 매달린 것 마냥 앉

아 있는 할아버지는 불분명한 목소리로 누구에게 하는 것인지도 알 수 없는 말을 중얼거렸다. 옷을 정리하던 겐토는 참 고생이라는 생각이 들었다. 생명을 연장하는 의료는 날로 발전하고 있지만, 하고 싶은 일은 제대로 하지도 못하면서 그저 무기력하게 목숨만 이어가고 있는 사람들의 죽음에 대한 배려는 전혀 없었다. 어떤 식으로 어떻게 죽음을 맞이해야 할지 아무 도움도 받지 못한 채 본인이 결정해야만 했다. 그것이 '장수'라는 선물을 받은 현대인들의 필연적인 수난인 것일까. 눈앞에 있는 이 조그마한 덩치의 노인이 감당하기에는 너무 가혹한 거 아닌가.

"다리도, 팔도, 안 아픈 데가 없어."

겐토는 몸 여기저기를 주무르고 두드리는 할아버지를 이전처럼 안마라도 해주고 싶은 충동이 들었지만 꾹 참았다. 심한 근육통으로 죽고 싶다는 생각이 절실해져서 그 목표를 달성하게 해주지 않으면 계속 같은 일만 반복될 터였다.

"변비도 벌써 일주일째여. 아예 나오지를 않어."

"나처럼 매일 열심히 허벅지 운동이라도 하면 아침저녁으로 화장실엔 갈 수 있을 텐데. 할아버지는 그게 이젠 힘들겠다."

"농사짓느라고 허리가 굽어가지고 운동도 못혀. 이러다가는 관장이라도 해야 할 것 같은디."

겐토는 할아버지가 말하는 관장이 어떤 건지 알고 있었다. 할아버지처럼 나이 든 사람을 관장할 때는 간병하는 사람이 항문에 손가락을 넣어 숙변을 제거해야 했다. 그런 걸 누가 한단 말인가. 엄마와 겐토 둘 중에 한 사람이 해야 한다면 당연히 같은 남자인 겐토가 그 몫을 맡게 될 것이다. 할아버지의 몸이 관장을 해야 할 만큼 망가지기 전에 빨리 존엄사라는 소원을 들어줘야겠다고 겐토는 다시금 생각했다.

그런데 이렇게 할아버지와 보내는 시간은 겐토에게 스트레스를 주기도 했지만 그 이상으로 안도감을 안겨주기도 했다. 면접에서 떨어지고 돈도 없지만 이런 자신의 몸에도 가치가 있다고 느껴졌기 때문이다. 밤에는 푹 잘 수 있고 혼자 힘으로 걷거나 뛸 수도 있다. 무거운 물건도 번쩍번쩍 들 수 있고 컨디션이 안 좋아도 금방 회복되었다. 피부도 깨끗했다. 할아버지 곁에 있기만 해도 그런 것들을 더 확실히 깨달을 수 있었다.

친구와 음악 방송을 보러 간 엄마는 저녁 6시가 되기 전에 돌아왔고 세 사람은 함께 앉아 저녁 식사를 했다. 오랜만에 밖에서 스트레스를 발산하고 온 엄마는 한동안은 기분이 좋아 보였다. 하지만 할아버지의 접시에 놓인 돼지고기 조림과 시금치가 전혀 줄어들지 않은 것을 알아차리자 바로 험악한 표정을 지었다.

"그거 돼지고기예요. 조림이라 부드럽다고요."

"고기는 안 먹어도 돼."

기가 막힌다는 듯 숨을 들이마시고 크게 혀를 차는 엄마를 달래면서 겐토는 할아버지에게 조림을 권했다. 돼지고기와 시금치 모두 할아버지를 생각

해서 아예 씹을 필요도 없을 만큼 부드럽게 요리한
것이었다.

"고기 조림이라 낫토처럼 부드러워, 할아버지.
먹어 봐."

말을 마치자마자 이렇게 단백질을 섭취하게 하
면 홀로서기를 할 수 있게 도와주는 꼴이 아닌가,
하는 생각이 머리를 스쳤다. 할아버지는 살점을 네
등분해서 하나를 입으로 넣더니 "부들부들하니 맛
이 괜찮네"라고 웅얼거렸다.

"거기 있는 시금치도 드시라고요."

엄마의 날 선 목소리에 할아버지는 시금치를 입
에 넣기는 했지만 몇 번 씹더니 허옇게 변한 덩어
리를 접시 위에 퉤, 하고 뱉어냈다.

"질기잖어."

"옥수수는 잘만 드시잖아요!"

엄마의 험악한 기세에 움츠러든 할아버지의 모
습을 보고 딱하다는 생각은 들었지만 그래도 동정
하기는 어려웠다. 음식은 모두 틀니를 끼고도 충분

히 씹어 삼킬 수 있을 만큼 부드러웠다. 할아버지
는 지금 제대로 씹지도 않고 고기와 시금치는 질
기다는 인식만으로 저런 행동을 하는 것이다. 겐토
는 그런 할아버지를 보면서 인생의 경험이나 오래
산 사람들의 지혜 같은 것이 시시하기 짝이 없다는
생각을 했다. 설사 어제 질겼던 고기나 시금치라고
해도, 오늘도 질긴지 아닌지는 도전해보지 않으면
알 수 없는 것이 아닌가. 식사 후 고기와 시금치보
다 훨씬 씹기 힘든 쿠키와 배를 디저트로 내놓자마
자 할아버지는 그것을 두세 개씩 먹어치웠다.

소화도 시킬 겸 거실에 앉아 텔레비전을 틀었더
니 피겨스케이팅 대회를 중계하고 있었다. 이번 시
즌을 끝으로 은퇴를 발표한 여자 선수가 연기를 시
작했다. 겐토와 같은 스물여덟 살에 얼굴도 꽤 예
뻐서 내심 겐토가 좋아하는 선수였다.

"다리가 무 다리네."

할아버지가 입을 열었다. 그리고 연기를 마치고
활짝 웃는 선수에게 관객들이 박수를 보내고 있는

걸 보더니 이런 소리를 내뱉었다.

"스물여덟? 그런 나이로 여태 저러고 있었던 거여? 퇴물이잖여."

순간 겐토는 할아버지에게 살기를 느꼈다. 누구보다도 고귀한 육체와 정신을 가진 운동선수를 이 노인은 늙은이 취급을 했다. 그것도 스물여덟 살밖에 되지 않은, 손자와 같은 나이인 사람에게 퇴물 어쩌고 하며 나이가 들었다고 멸시하고 있는 것이다.

"에구, 나는 방해만 되것네. 방에나 가야것어."

할아버지가 거실을 나서자마자 겐토는 채널을 돌려버렸다. 공영방송 뉴스에서 국민연금을 납부하지 않는 사람들이 늘어나고 있다는 내용이 보도되고 있었다. 겐토와 같은 20대 절반이 국민연금을 내지 않는다는 것이다. 겐토는 처음 안 사실이었다. 아니, 정확히 말하면 지금 뉴스를 보고 처음으로 제대로 알게 되었다.

겐토는 비록 지금은 무직 상태지만, 국민연금 보험료와 국민건강 보험료 모두 자동이체로 착실하게 납부하고 있었다. 뉴스에서는 연금 시스템이 무너지면서 고령자의 생활이 위태로워질 위험에 처했다는 전문가의 인터뷰가 나왔다. 그러니까 젊은 이들은 나중에 자기가 연금을 받을 수 있을지 없을지도 모르는데 지금 살아 있는 고령자들을 위해 성실히 보험료를 내라는 말인가? 겐토는 분노에 사로잡혔다.

지금까지 중의원, 참의원 선거나 도의회 의원 선거, 도지사 선거 등 모든 선거에 성실하게 참여하여 표를 던진 겐토였지만, 그런 일이나 하고 있을 때가 아니라는 걸 깨달았다. 투표보다 국민연금을 안 내는 쪽이 더 직접적인 영향을 주는 정치적 행위인 것이다. 겐토는 고령자의 목숨을 부지하고 고령자를 위한 시스템만을 유지하려 하는 작금의 정치가 대단히 불만스러웠다. 당장 월요일이 되면 국민건강 보험료는 자동이체를 취소하고, 국민연금이 빠져나가는 계좌에서 돈을 다 인출해야겠다고 결심했다.

요 며칠 날씨가 따뜻해졌다고 달라진 할아버지의 태도는 겐토의 의욕을 떨어뜨리고 말았다. 겐토는 방으로 돌아와 침대에 누웠다. 보이는 건 형광등 불빛이 반사되는 하얀 천장과 벽밖에 없었다. 늘 이런 것들만 보고 있었겠지, 하고 마치 할아버지가 된 심정으로 계속 쳐다봤다. 결국 15분도 안 되어 진절머리가 났다.

병원이나 노인 요양 시설 외에는 달리 외출할 곳도 없는 할아버지는 목숨이 붙어 있는 한 줄곧 이런 폐쇄된 공간 속에서 살아가야 하는 것이다. 이렇게 사느니 할아버지가 빨리 죽고 싶어 하는 것도 당연한 일이라고 겐토는 다시 한 번 확신했다. 그리고 이렇게 정기적으로 할아버지의 심정이 어떠한지 되짚어보는 것이 반드시 필요하다는 생각이 들었다.

**3**

할아버지, 쓰러지다

아침부터 엄마의 호통 치는 소리에 눈을 뜬 겐토는 엄마가 출근하고 시간이 좀 흐른 뒤에야 침대에서 일어났다. 맞은편 방으로 가보니, 겐토가 며칠 전에 선물한 전동 침대 위에서 몸을 웅크린 채 의류함을 바라보고 있는 할아버지가 눈에 들어왔다.

"좋은 아침."

"······잘 잤냐?"

"감기 기운이 있다고?"

1분도 안 되는 두 사람의 대화가 다 들린 탓에 겐토는 할아버지가 무얼 원하는지 잘 알고 있었다.

"그려. 몸도 찌뿌둥허고 열도 있고. 오늘은 피곤하고 열도 있고 해서 요양원에는 못 가것다."

겐토는 할아버지의 이마에 손등을 대어보았지만, 36.5도의 평균 체온인 겐토에게는 오히려 조금

싸늘하게 느껴질 정도였다.

"응, 몸이 안 좋으면 오늘은 요양 서비스 받으러 가지 마. 내가 전화해놓을게."

"고맙다. 부탁헌다. 미안혀."

간병인이 출발하기 전에 시설로 전화를 걸어 오늘은 취소하겠다는 말을 전하고 겐토는 아침을 먹기 시작했다. 식욕은 없었지만, 혈중 아미노산 농도는 항상 일정한 수준을 유지하는 게 근육 회복에 좋았다. 식사를 마친 겐토는 할아버지에게도 운동을 시켜야겠다는 생각이 들었다. 요양 센터에서 오전마다 시키는 운동은 할아버지에게도 별 대수롭지 않을 정도였지만, 아예 안 시키는 것보다는 나을 것이다.

국민연금을 내지 않겠다고 결심한 겐토는 그것을 하나의 정치적인 행동으로 여기고 있었다. 그런 만큼 복지도 국가에 의존하고 싶지 않다는 생각이 들었다. 할아버지가 노인 요양 서비스를 받게 되면 그만큼 정부가 행정 비용을 부담하게 된다. 국민연금을 내지 않기로 결심한 이상, 자기 가족을 돌보는 것 정도는 스스로 알아서 해야 할 것 같았다. 물론 취직을 하게 되면 자동적으로 국민연금이 빠져나갈 것이고 지금도 국민건강 보험료는 계속 내고 있으니, 아나키스트라고 하기엔 하찮다는 것을 본인도 잘 알고 있었다.

노인 세대의 신용카드 대금이나 대주기 위해 세금을 내는 짓은 죽어도 못하겠다는 가슴 속의 분노와 지금 할아버지에게 베푸는 친절한 행동은 결국 같은 맥락이었다. 평온하게 죽고 싶어 하는 노인의 소원을 들어주는 것은 노인뿐 아니라 젊은이에게도 좋은 일이다. 이제는 종교적 이유나 유명무실해진 휴머니즘으로 얼버무릴 것이 아니라 실행으로 옮겨야 할 때가 아닐까?

할아버지의 그 어려운 소원을 자기가 정말로 이루어줄 수 있을지는 알 수 없는 노릇이었다. 또 이루어주었다 한들 자기도 피폐해질 뿐이지 누군가에게 설명하거나 이해받을 수 있는 일도 아니었다.

그러나 겐토는 필사적으로 발버둥 치는 사이에 희
망의 싹이 자신이 모르는 곳에서 틀림없이 꽃 필
것이라고 믿고 있었다. 노인이 되어 흰 벽이나 천
장만 바라볼 수밖에 없게 되었을 때, 좀 더 젊은 세
대가 자신을 평온하게 죽이러 와준다면 자신은 만
족스러울 것 같았다.

　공부에 집중하고 있는데 노크도 없이 할아버지
가 방 안으로 들어왔다.
　"겐토야, 미안허다. 이 리모컨 좀 어떻게 해줄 수
없냐?"
　"뭐?"
　손에는 난방기의 리모컨이 쥐어져 있었다. 중앙
에 커다란 버튼을 누르면 난방이 되도록 세팅을 해
놓았을 텐데, 다른 버튼을 누르는 바람에 삑삑거리
는 소리를 듣고 놀란 모양이었다. 리모컨의 액정에
는 22도라는 숫자와 난방이 제대로 작동하고 있다

는 글자가 떠 있었다. 방해를 받아 불쾌해진 기분을 억누르고 겐토는 할아버지 방으로 함께 가서 리모컨을 이리저리 만지는 시늉을 했다.

"어라, 고장 났나 봐. 무슨 버튼을 눌렀는데?"

"어어……, 몰러."

"리모컨은 나중에 고쳐줄 테니까 오늘은 그냥 참아. 추우면 침대에 들어가서 누워 있으면 되잖아."

방이 쾌적해지면 그만큼 존엄사를 향한 할아버지의 간절함이 약해질 것이다.

"미안혀, 미안허다."

할아버지는 그렇게 대답할 뿐이었다.

오전 11시 반에 이른 점심을 먹은 겐토는 한 시간 반 정도 공부를 한 후 다다미방으로 향했다. 오늘은 상반신 운동을 하는 날이었다. 그 말은 '급강하'의 지옥 같은 고통을 견뎌야 한다는 뜻이었다. 이제 훈련장처럼 느껴지는 다다미방에 발을 들이자 바로 공포심이 고개를 들었다. 겐토는 공포를 억누르기 위해 얼른 웃옷을 벗어던졌다. 핸드폰으로 타이머를 맞추고 바로 근력 운동을 시작했다. 처음 80초를 끝내고 바닥에 널브러졌을 때는 정말로 이 짓을 해야 하나, 의구심이 들었지만 반드시 해야 한다고 다시 생각을 고쳐먹었다.

얼마 전 겐토는 시민 체육관에 가서 벤치프레스bench press를 자신이 할 수 있는 한계까지 들어보았다. 벤치에 누워 머리에 피도 몰리지 않고 호흡도 그리 힘들지 않은 상태에서 100킬로그램의 역기를 가슴 높이까지 들었다 내리는 운동은 체중이 66킬로그램인 겐토의 맨손 운동보다는 훨씬 효과가 있었다. 덕분에 다음 날에는 가슴과 등 쪽의 근육통이 엄청났다. 그러나 '급강하'를 할 때처럼 정신을 단련시켜주는 운동은 아니었다. 다리를 의자 위에 얹은 상태에서 하는 '급강하'는 온몸을 한계까지 내모는 상태에서만 얻을 수 있는 정신적 성장을 주었다. 고통이 적고 효율성만 좋은 운동으로는 정작 곤란한 순간에 대처하는 정신력을 키울 수 없다는 것이 겐토의 생각이었다. 그렇게 만든 몸은 결국 텅 빈 껍데기일 뿐이었다. 무엇보다 운동기구가 갖춰진 곳에서만 할 수 있는 상태가 마치 몸 여기저기에 튜브가 꽂힌 채 누워 있는 것만 같아 싫었다.

마지막인 다섯 번째 세트에서 겐토는 바닥에 대고 있던 오른손을 비틀었다. 엄지손가락 뿌리 부분에 고통이 퍼졌지만 겐토는 꾹 참고 주먹을 쥔 채 마지막까지 트레이닝을 이어갔다. 타이머에서 종료를 알리는 전자음이 울리자 바로 바닥에 엎어지고 말았다.

샤워를 한 후, 얼음 팩으로 오른손을 식히면서 아침 신문을 뒤적였다. 광고란에는 '60대 이상의 섹스 특집'이라는 헤드라인이나 '90세의 나이에도 후지산을 오르는 노부인의 건강 비결' 같은 선전 문구가 눈에 들어왔다. 신문 기사에선 생물학계에서 새로운 발견을 한 88세의 연구자가 소개되기도 했다. 똑똑하고 신체적으로도 건강한 노인들의 이야기로 넘쳐나고 있었다.

겐토는 신문을 치워버리고, 오늘 반납해야 할 영화 DVD를 틀었다. 겐토는 요즘 매일 같이 사람 목숨이 물건처럼 취급되는 영화를 보면서 죽음에 대한 심리적 거리감을 줄이는 노력을 하고 있었다. 어제는 남미의 청소년 갱들에 대한 이야기를 다룬 〈시티 오브 갓City of God〉이라는 영화를 봤다. 미래가 있는 어린이들도 저렇게 펑펑 죽어 나가는 판국에 살 만큼 산 노인들이 죽는 게 뭐 어떠냐는 생각이 자연스럽게 들었다.

오늘은 〈밀리언 달러 베이비Million Dollar Baby〉라는 영화를 보았다. 여자 주인공인 복서가 연전연승을 거두는 장면이 나올 즈음에 조금 전 했던 '급강하'의 여파로 근육통이 느껴지기 시작했다. 훈련의 성과는 이렇게 제대로 나타나는 법이다. 간절한 소원을 이루기 위한 노력을 하나도 하지 않는 약해 빠진 노인들은 군 입대라도 시켜서 몸과 마음의 정신을 되찾게 해야 하지 않을까? 살고 싶어 하는 노인에게 식사를 하기 위해서는 매번 1킬로미터는 걸

어야 한다고 시키면 약해진 다리와 허리, 그리고
불면증 정도는 저절로 나을 수 있지 않을까? 그러
면 쓸데없이 예산을 쓰거나 수고할 필요도 없이 알
아서 자립할 수 있을 것이다.

전신불수가 되어 사지가 괴사壞死하자 죽음을 갈
망하는 주인공의 소원을 들어주기 위해 트레이너
인 클린트 이스트우드가 야밤에 몰래 병동에 들어
가는 마지막 장면을 보고 겐토는 자기도 모르게 눈
물을 흘렸다. 10년도 더 된 이 영화의 감독은 할아
버지보다 5살 어렸다. 5살밖에 차이가 나지 않는
사람이 이런 멋진 작품을 만들었다. 형태는 다를지
몰라도 할아버지도 클린트 이스트우드처럼 멋진
무언가가 잠들어 있지 않을까, 하는 희망을 품게
했다.

"친구랑 놀다 올게. 저녁은 엄마랑 먼저 먹어."
빨래를 걷으면서 겐토가 말하자, 등받이 부분을

세운 전동 침대에 누워 있던 할아버지가 고개를 끄덕였다.

"그려. 조심허고."

비쩍 마른 몸에서 나오는 패기 없는 목소리는 근육통에 시달리고 있는 겐토에게 아주 불쾌하게 들렸다. 할아버지는 50년쯤 전에 강제로 '급강하' 얼차려를 받았다. 다시 말해 겐토가 지금 아무리 '급강하'를 하며 근력 운동을 해도 50년쯤 넘게 살다 보면 할아버지와 다를 바 없는 몸과 그에 걸맞은 타락한 정신을 갖게 될 것이라는 사실을 보여주는 것 같았다. 할아버지를 보고만 있어도 미래의 자기 자신이 바보 취급당하는 기분이 들었다. 그러니 하다못해 손자에게 위엄을 보이기 위해서라도 할아버지는 유종의 미를 거두어야 했다. 겐토는 그렇게 바랐다.

조금 붐비기 시작한 도로를 차로 달려 DVD 대여점에 도착했다. 그때까지도 아미에게 연락이 없자 먼저 전화를 걸었다. 오늘은 아미가 퇴근한 후에 만

날 수 있다. 그럴 때면 겐토가 아미를 데리러 가서 하치오지에 있는 단골 러브호텔에 가는 것이 일상적인 일이었다. 30분 전쯤에 문자를 보냈지만 답이 없었다. 아직도 일하는 중인가 싶어서 겐토는 빌린 DVD와 핸드폰을 들고 가게 안으로 향했다. DVD를 반납하고는 새로 빌릴 영화와 성인 비디오를 몇 개더 골랐다. 그러고는 가게 안을 돌아다녔다.

핸드폰은 여전히 잠잠했고 가게 안을 돌아다닌 지도 벌써 40분이나 지나 있었다. 골라 놓았던 DVD를 한꺼번에 빌린 후 차로 돌아가서 다시 아미에게 전화를 걸었다. 아미는 전화를 받지 않았다. 하는 수 없이 어디 가서 시간을 때울 요량으로 차에 시동을 걸었다. 그때, 아미에게서 문자가 왔다.

'오늘은 못 가겠어. 미안해.'

문자를 확인한 겐토는 도통 마음을 진정시킬 수가 없었다. 전화는 받지 않고 문자만 보내다니. 문자를 보낼 여유는 있고 전화할 여유는 없는 건가? 아미가 하는 일은 접객 일이라 문자를 보냈다는 것은 분명 휴식 시간이거나 퇴근한 것이 틀림없었다. 전화하지 못할 이유가 없었다. 게다가 오늘 만나지 못하는 이유도 전혀 말해주지 않았다. 기분이 나빠진 겐토는 망설이다가 결국 집으로 돌아왔다.

"다녀왔습니다."

할아버지를 놀라게 하지 않으려고 먼저 큰 목소리로 인사를 하는데, 거실 불이 켜져 있는 것이 보였다. 어두운 복도를 나아가 거실 문을 열었을 때, 시꺼멓고 작은 무언가가 엄청난 기세로 거실에서 주방으로 뛰어가는 모습이 보였다.

"할아버지?"

겐토 쪽에서는 사각지대라 보이지 않는 주방에서 부스럭하는 소리와 함께 물을 흘려보내는 소리가 들렸다. 거실을 지나쳐 주방으로 향한 겐토와 교대라도 하는 것처럼 할아버지가 나와 "이제 왔냐"라고 말하며 느릿한 동작으로 화장실에 들어갔다.

방금 희귀한 야생 동물처럼 민첩하게 움직였던 건 대체 뭐지?

어리둥절해하며 소파에 앉아 텔레비전을 켰더니 아까 겐토가 켜놓았던 채널과 다른 채널이 나왔다. 의아함을 느낀 겐토는 다시 주방으로 가보았다. 물을 받아 놓은 스테인리스 대야 안에 크고 둥근 접시가 하나 들어 있었다. 식기 정리함에 들어 있는 식기 중 물기가 맺혀 있는 젓가락과 포크도 눈에 들어왔다. 집에 들어왔을 때 들렸던 부스럭거리는 소리가 떠올라 쓰레기통을 보니 가득 찬 쓰레기 위에서 엎어져 있는 냉동 피자 포장지가 보였다. 이걸 전자레인지에 넣고 데워서 먹은 건가. 피자는 할아버지가 좋아하는 '부드러운' 음식이긴 했다. 설마하면서 개수대의 음식물 쓰레기통을 엿보니 양파 꼭지와 껍질까지 나왔다. 분명 할아버지가 할 수 있는 건 전기 포트로 물을 데우는 정도일 텐데……. 자기 혼자 밥을 데워 먹지도 않으려는 할아버지가 냉동 피자에 채소를 얹어 데워 먹는다고? 자기 욕망을 채우기 위해 복잡한 요리를 숨어서 몰래 했다는 건가?

물소리가 들린 후 화장실에서 나온 할아버지는 어두운 복도를 느리고 신중하게 걸어 방으로 향했다. 지팡이 소리는 들리지 않았다.

할아버지의 88세 생일을 축하하기 위해 겐토의 누나와 18개월이 된 조카, 그리고 막내 외삼촌이 찾아왔다. 저녁 식사를 기다리면서 소파에 앉아 증손자를 어르고 있는 할아버지의 얼굴은 참으로 행복해 보였다. 그런 얼굴을 보는 것은 정말 오래간만이었다. 겐토는 문득 손자인 자신의 능력에 한계가 있다는 것을 느꼈다. 서른이 코앞인 겐토는 갓난아기의 귀여움에는 이길 수가 없었다.

"할아버지, 뽀뽀하지 말라니까."

충치가 생기니까 아기 입에 뽀뽀를 하지 말라고 주의를 줬는데도 아랑곳 않는 할아버지에게 누나가 타박을 주었다. 할아버지는 아기를 어르는 데 정신이 팔린 탓인지 미안하다는 말도 하지 않았다.

하지만 더 이상 아기에게 뽀뽀하지는 않았다. 할아버지는 용케도 아기를 떨어뜨리지 않고 어르고 있었다. 아기라고는 해도 한 살 반이나 되었으니 거의 9킬로그램은 나갈 터였다. 할아버지는 보기보다 근력이 약해지진 않은 것이다. 겐토의 뇌리에 재빠르게 움직이던 야생 동물의 모습이 나타났다가 사라졌다.

"……벌써 두 살이구먼."

"할아버지, 타쿠미는 아직 한 살 반이야. 생일은 11월이라고."

"그려."

"스즈에는 몇 살인지 알아요?"

외삼촌이 누나의 나이를 묻자, 할아버지는 잠시 고민하더니 대답했다.

"서른일곱인가?"

"너무해. 서른두 살이야. 그럼 겐토는?"

"어어, 서른……"

"스물여덟! 나나 겐토 생일은 당연히 기억 못하

겠구나."

이런저런 질문을 하다 보니 가족들의 생일과 나이를 제대로 기억하지 못하는 할아버지는 스즈에 누나의 나이를 실제보다 다섯 살 더 많게 인식하고 있었다. 그러면서도 자기 나이와 생일은 제대로 기억하는 것이 기가 막혔다.

미트로프나 마카로니 샐러드 같은 부드러운 음식 위주로 푸짐하게 차려진 저녁 식사가 끝나고 "잘 먹었습니다"라고 인사하던 할아버지는 "고로야, 그릇 좀 치워다오"라며 은근슬쩍 외삼촌에게 자기 그릇을 밀었다. 외삼촌도 할아버지와 4년이나 같이 살면서 생긴 버릇이 되살아났는지 자연스럽게 할아버지의 그릇으로 손을 뻗었다. 그 순간, 손자의 웃는 얼굴에 기뻐하던 엄마의 표정이 단박에 굳어지더니 험악한 목소리가 날아왔다.

"자기 그릇은 자기가 갖다 놓기로 했잖아요!"

"고로야……, 부탁헌다."

할아버지는 얼굴 앞으로 손을 모으며 애잔한 목

소리로 부탁했다. 마음이 여린 외삼촌과 오랜만에 만난 누나에게는 비통하기 짝이 없는 모습으로 보였을 것이다. 두 사람은 어떻게든 도와주고 싶다는 얼굴이었다.

"생일이니까, 오늘 정도는 뭐 어때."

벌떡 일어나 할아버지 쪽으로 가는 누나를 보고 겐토는 자기도 모르게 소리를 지를 뻔했다. 잘 알지도 못하면 가만히 있어! 친절하게 대하는 게 전부가 아니라고! 정말로 할아버지를 생각한다면 그렇게 쉽게 도움의 손길을 내밀어서는 안 되는 것이다.

겐토는 고통 없이 죽고 싶어 하는 할아버지를 위해 과한 간호를 하고 있었다. 그것은 아무 생각 없이 친절하게 대할 뿐인 누나나 외삼촌과는 전혀 다른 것이었다. 겐토는 두 사람에게 제대로 생각하고 행동을 하라고 말하고 싶었다. 엄마는 할아버지를 대하는 방식이 겐토와는 정반대였지만, 진정으로 할아버지를 생각한다는 점에서 동료 의식마저 느낄 수 있었다. 엄마의 카리스마에 눌린 할아버지는

3.
할아버지, 쓰러지다

평소처럼 자기가 사용한 그릇을 들고 걸어갔다. 자기편을 들어주는 사람이 있다고 생각해서인지, 할아버지는 평소보다 더 힘없이 걸었다. 순식간에 싸해진 분위기를 느꼈는지, 조카가 크게 울음을 터트렸다.

디저트로 생일 케이크를 먹은 후, 겐토와 누나, 조카, 할아버지는 L자 모양으로 배치된 소파에 앉아 조카의 귀여운 재롱을 보며 웃고 있었다. 엄마는 주방에서 외삼촌과 식탁 앞에 앉아 낮은 목소리로 무언가를 의논하고 있었다. 할아버지를 요양원에 보내겠다는 내용의 밀담이었다. 상당히 구체적인 데까지 진행된 모양이었다. 두 사람이 나누는 이야기가 소파에 앉아 있는 겐토의 귀에까지 들려왔다.

할아버지는 10여 년 전까지 셋째 아들네의 별채에서 지냈다. 며느리뿐 아니라 아들에게도 온갖 괴롭힘을 당하게 되자, 같은 나가사키에 사는 장남 집으로 옮겨갔다. 하지만 그 집의 손자 둘 중 하나

는 정리 해고를 당하고, 또 하나는 회사를 때려치
워버렸다. 그사이에 장남마저 위암에 걸리는 바람
에 할아버지를 보살필 여유가 없어졌다. 그래서 사
이타마에서 혼자 사는 막내에게 가서 4년간 지내
다가 둘째이자 장녀인 이 집으로 오게 되었다. 넷
째 이모는 오카야마 쪽으로 시집을 갔는데 그다지
교류가 없어서 의지할 수가 없었다.

"신청을 받아 주는 데는 죄다 찔러 볼래" 하는 엄
마의 목소리가 들렸다. 겐토는 증손자를 어르고 있
는 할아버지의 단일지향성마이크 같은 귀에 정말
저 소리가 들리지 않는 건지 의심스러웠다.

"고로야, 느 집에 내 여름옷이 아직 있지? 좀 갖
고 와줄려?"

엄마와 외삼촌의 대화를 잘라먹기라도 하듯 할
아버지가 뒤를 돌아보며 말했다.

"어…… 없는데요."

"뭐 찾아보지도 않고 대뜸 없다고 그려?"

할아버지는 외삼촌을 쩨려보며 따지기 시작했

다. 엄마가 혀를 차면서 "또 이런다, 또"라며 투덜거렸다.

"뭣하면 이번 연휴에 내가 그 짝에 갈겨."

할아버지의 이런 고압적인 태도는 오랜만에 보는 것이었다. 할아버지는 집에서 기르는 개처럼 자기가 함부로 대해도 괜찮을 상대를 본능적으로 찾아냈다. 그래도 손자한테까지는 아직 그런 모습을 덜 보이고 있었지만 자기 자식, 특히 외삼촌처럼 여리고 말대꾸를 하지 않는 사람을 귀신같이 찾아내서 자기 하고 싶은 대로 실컷 고집을 부리는 버릇이 해를 거듭할수록 심해졌다. 제멋대로 하고 싶다고 우기기 시작하면 누가 자기 말을 들어줄 때까지 끝없이 졸라댔다.

"가긴 어딜 간다는 거예요? 사이타마까지는 누가 데리고 갈 건데요? 난 절대로 안 갈 거니까 그런 줄 아세요!"

"거기서 고로가 운전해가지구 오면 되것지."

"고로가 오면 된다고요? 그런 쓸데없는 일로 애

고생시키지 마시라고요!"

엄마가 아무리 화를 내도 외삼촌은 자기 얘기를 들어줄 거라 생각했는지 할아버지는 그 후에도 뭐라고 웅얼거렸다. 그러다가 결국 포기하고 고개를 숙인 채 "난 이제 죽어야지……" 하고 기어들어가는 소리로 울먹거리기 시작했다. 누나가 "그러지 마세요"라고 위로했지만 겐토는 속으로 그런 괜한 소리는 하지도 말라며 짜증을 냈다. 위로받고 싶어서 하는 우는 소리까지 하나하나 다 들어주다가는 존엄사를 하겠다는 할아버지의 의욕이 점점 줄어들 것이다. 아이를 낳고 부모가 되었으면서 누나는 여전히 인간에 대한 이해가 부족했다.

평소에 잘 보지 못하던 외삼촌과 누나, 그리고 조카라는 가장 기쁜 손님들이 왔으니 굳이 자리를 지킬 필요는 없을 것 같아 겐토는 방으로 돌아갔다.

저녁 식사가 푸짐해서 평소보다 당분과 단백질을 많이 섭취하고 말았다. 남아도는 영양분은 몸을 바로 세우는 데에 쓰지 않으면 아까워서 견딜 수가 없었다. 스쿼트나 데드리프트를 매일 했기 때문에 하반신은 괜찮았지만, 상반신은 구석구석의 근섬유를 다 자극해놓지 않으면 기껏 섭취한 단백질도 쓸데가 없어진다. 지난번에 무리하다 오른손을 다친 바람에 일주일 정도는 '급강하'를 할 수도 없었다. 다치고 나서 이틀쯤 지났을 때 한 번 시도해봤지만, 엄지손가락에 고통이 느껴져서 시간을 두고 치료해야겠다고 마음먹었다.

일종의 신경통을 느끼며 겐토는 할아버지를 조금이라도 이해하게 된 듯한 기분이 들었다. 할아버지를 이해하는 데에 이 고통은 큰 의미가 있었다. 상반신에 근육통이 느껴지지 않자 겐토는 자신의 몸이 둔해지지 않을까 하는 공포와 싸우고 있었다. 근력 운동을 게을리하다 근육이 약해지고, 그러다가 근육이 점점 줄어들어 퇴화되는 것은 그야말로 진정한 공포였다. 근육통이 적게 느껴지는 복근 쪽을 단련하기 위해 똑바로 누워 트위스트 크런치 동작을 시작했다. 항상 근육에 자극을 주고 단백질을 공급해서 온몸을 개조하지 않으면 언제 죽을지 모른다.

근력 운동을 마치고 테스토스테론의 농도가 올라가자 성욕이 솟구쳤다. 겐토는 아미에게 전화를 걸었다. 전화 연결음이 한참 울린 뒤에야 아미의 목소리가 들렸다.

"지금 집이야."

아미의 목소리가 낮게 울렸다. 오랜만에 전화를 받은 여자 친구에게 지금 만나지 않겠냐고 물어봤지만 거절당했다.

"좀 자상하게 해주면 안 돼? 넌 내 여자 친구잖아."

"일 때문에 피곤하다고 했잖아. 내가 왜 그렇게까지 겐토한테 맞춰줘야 하는데?"

"그야…… 사람은 연인끼리 같이 놀러가거나 스킨십도 해야 하고, 누군가가 나를 향해 웃어주지 않으면 금방 망가진단 말이야."

겐토의 말을 듣고도 아미는 냉정하게 전화를 끊

어버렸다.

면접을 보고 전철을 탄 겐토는 집 근처 역에서
내렸다. 역 개찰구 쪽에는 근처 대학의 럭비부원들
인지 근육이 울룩불룩한 덩치 큰 사내들이 몰려 있
었다. 그저 존재하는 것만으로 위압감을 풍기며 자
신의 몸을 자랑이라도 하듯, 남자들은 큰 목소리로
와자지껄 떠들고 있었다.

겐토는 그들을 바라보며 별것도 아닌 몸이라고
내심 비웃었다. 어차피 경기에서 이기기 위해 만들
어진 몸일 뿐이다. 엄격한 코치의 명령에 따라 죽
을 만큼 괴로운 훈련을 하는 것은 생각 없이 움직
이는 반사 행동에 가까웠다. 누가 강제로 시키지
않아도 혼자서 죽을 만큼 힘든 운동을 계속하는 자
신이 정신력 면에서는 훨씬 앞선다고 생각했다. 겐
토는 정장 안에 감추어진 자신의 육체와 고상한 정
신을 생각하며 평온한 마음으로 오르막길을 올라

집으로 걸어갔다.

"다녀왔습니다."

요양 서비스가 없는 목요일 저녁, 겐토는 할아버지가 들을 수 있게 큰 목소리로 인사하며 복도를 걸었다. 묵직하게 잠겨 있는 공기를 밖으로 내쫓기라도 하듯 빨래를 걷고 환기를 했다. 다다미방에서 평범한 팔굽혀펴기를 스무 번 한 후에 땀과 머리에 바른 왁스를 씻어 냈다. 반바지와 티셔츠를 꺼내 입고 쌀을 씻어 안치고는 타이머를 90분 후로 맞추었다. 출출하던 판이라 냉장고에 있는 것으로 대충 상을 차리고 텔레비전을 켰다. 뉴스를 보면서 한 끼를 뚝딱 해결하고는 텔레비전을 껐다. 그리고 자기 방으로 가려고 복도를 걷다가 겐토는 할아버지 방을 노크하며 열어보았다.

어두운 방 안에서 엉덩이를 문 쪽으로 향한 채 웅크리고 있는 할아버지의 모습이 눈에 들어왔다. 침대에 상반신의 절반을 걸치고 있는 게 뭔가 한탄이라도 하고 있는 것처럼 보였지만, 겐토가 방에 들어왔는데도 아무 반응이 없었다. 뭔가 이상했다.

"할아버지."

방 불을 켜고 큰 목소리로 불렀으나 대답이 없었다. 겐토는 무서운 마음에 쭈그리고 앉아 할아버지에게 말을 걸며 목을 만졌다. 체온은 낮았지만 맥은 뛰고 있었다. 등을 계속 쓸어대며 할아버지를 큰 소리로 부르자 그제야 목이 살짝 움직였다. 겐토를 쳐다보는 할아버지의 두 눈은 흐리멍덩하니 생기가 없었다. "겐토야……" 하고 겨우 입을 여는가 싶었는데 갑자기 얼굴을 찡그리며 헉헉거렸다.

"괴, 괴로워……"

겐토는 구급차를 부르려다 가장 가까운 병원에 직접 운전해서 데리고 가는 것이 더 빠를 것 같다는 생각이 들었다. 의식이 있는 걸 보니 뇌출혈은 아닌 것 같았다. 뛰어나간 겐토는 주차장에서 차를 빼내 맨션 입구 앞에 세운 후 문을 열어두고 엔진도 켜둔 채 집 안으로 들어갔다. 누워 있는 할아버지를 두 팔로 안아 들고 슬리퍼를 대충 신고 밖으로 나갔다.

계단을 뛰어 내려가서 뒷좌석에 할아버지를 뉘인 다음 액셀을 밟았다. 현관문을 잠그지 않은 것이 떠올랐지만 개의치 않고 병원으로 향했다.

다음 날 아침, 겐토는 일찍부터 엄마와 함께 병원에 들렀다가 출근하는 엄마를 역까지 데려다주고 다시 병원으로 돌아왔다. 노인 6명이 수용되어 있는 어두운 병실의 복도 쪽 구석에 자리를 잡고 앉았다. 할아버지의 몸은 산소 호흡기와 링거, 심전도 기기 등의 전선으로 감겨 있었다. 할아버지가 눈을 뜬다면, 집의 북향 방보다 더 갑갑하고 빛이 들지 않는 공간 때문에 정말로 죽고 싶어 할 것 같았다.

벌써 이 병원에만 두 번째 입원이다. 환자를 약에 전 상태로 만드는 이 병원 특유의 냄새는 너무 싫었지만, 할아버지를 여기로 데리고 온 것은 겐토였다. 지난번 할아버지가 음독자살을 시도했다가 입원한 병원은 여기보다 더 멀었고, 응급 상황에서 필요한 처치를 하는 정도라면 약을 과하게 쓰는 병원이라도 괜찮을 것 같았다. 할아버지의 진단 결과는 급성 신부전증으로 인한 급성 폐부종이었다.

환자와 병문안을 온 사람들에게 지나치게 간살스러운 목소리로 말을 거는 간호사가 병실에 들어왔다. 방해가 되지 않도록 겐토는 커튼 밖으로 나갔다. 할아버지 침대에서 대각선 방향으로 맞은편 침대에 누워 있는 노파와 눈이 마주쳤다. 그러자 노파가 갑자기 "나 죽어……!"라며 소리를 지르기 시작해 겐토는 얼른 병실을 나왔다. 등 근육이 아팠다. 어제 할아버지를 안아 옮길 때 무리한 모양이었다.

겐토는 할아버지가 정신을 차릴 순간이 두렵기 시작했다. 작년 음독자살을 시도해 입원했을 당시에 눈을 뜬 할아버지는 몽롱한 의식 속에서 가슴속 깊이 묻어둔 말을 헛소리하듯 줄줄 내뱉었었다. 퉁퉁 부은 얼굴에 시뻘건 눈으로 말하던 괴물 같은 모습이 아직도 선명했다.

집에 들어왔으면서 바로 할아버지 방에 들르지 않고 몇 시간이고 혼자 시간을 보낸 손자를 비난하지는 않을까 두려웠다. 혹시 그때, 정적이 흐르던 집 안에 범상치 않은 기운이 흐를 때, 할아버지에게 무언가 일이 생겼다는 것을 알아차렸으면서도 무의식적으로 모르는 척한 것은 아닐까. 겐토는 그런 생각을 떨쳐내기가 힘들었다.

엄마가 퇴근할 때까지 그대로 내버려두었다면 할아버지는 확실하게 저세상으로 갈 수 있었을지도 모른다. 그러나 할아버지는 괴로워하고 있었다. 고통 속에서 맞이하는 죽음은 할아버지가 원하는 것이 아니었다. 그렇게 판단했기 때문에 할아버지를 구하기 위해 열심히 움직인 것이다.

간호사가 나올 때까지 겐토는 병실 밖 의자에 앉아 신문을 읽었다. 신문에는 도쿄 올림픽을 위한 도심 개발에 인력을 빼앗겨 **도호쿠**일본 본토의 북동부 지방을 가

리키는 명칭으로 아오모리, 이와테, 미야기, 아키타, 야마가타, 후쿠시마의 6현을 칭

함 지방의 재난 지역 복구공사가 늦어지고 있다는 기사와 함께, 국정파탄을 미루기 위해 정부가 국채를 발행하고 은행이 그것을 대량으로 사들였다는 기사가 실려 있었다. 간호사가 병실에서 나오자 겐토는 할아버지에게 돌아갔다.

"단번에 죽여주소오오."

겐토가 병실에 들어가자 조금 전의 노파가 큰 소리로 소란을 피웠지만, 커튼을 치자 금방 조용해졌다. 노인들은 왜 모두 미리 짜기라도 한 것처럼 같은 말을 하는 걸까. 그래도 저렇게 큰 소리를 낼 수 있을 만큼 쌩쌩한 것은 노파 한 사람뿐이었다. 노파를 제외하면 이 병실에 있는 노인들은 다들 할아버지처럼 온몸에 연결된 튜브로 겨우 목숨을 연명하고 있었다.

고통을 아무리 참고 극복해낸다 하더라도 그 끝에서 노인들을 기다리는 건 죽음밖에 없다. 그런 사람들의 절실한 소원을 건강한 사람들은 이해하지 못한다. 아무리 괴로워도 끝까지 목숨을 포기해서는 안 된다는 그런 틀에 박힌 말을 미래가 없는 노인들에게 하는 것이야말로 근시안적인 사고가 아닌가. 온종일 하얀 벽과 천장만 보고 살아야 하는 사람의 심정이 어떠한지는 상상도 하지 못하는 것일까?

고통스러워하는 노인들에게 "좀 더 살아서 괴로워하라"고 다그치는 사람들과 지금보다 더 철저한 마음가짐으로 싸울 것이라고, 산소 호흡기의 소리를 들으며 겐토는 다짐했다.

4

할아버지와 헤어지다

입원한 지 사흘이 지났다. 저녁 무렵 병실을 찾은 겐토가 커튼을 열어젖히자 할아버지는 눈앞에 있는 남자가 본인의 손자라는 것을 바로 알아차리지 못했다. 그러나 집에서 지내던 때와 똑같이 인기척 자체에는 민감하게 반응했다.

"몸은 좀 어때?"

"힘들어 죽것어. 여기 팔에 바늘을 꽂아놔서 자다가 뒤척이면 얼마나 아픈지 몰러."

"잠은 잘 잤어?"

"못 자것어. 밤 9시만 되면 불을 끄는디 나는 잠을 통 못 자것어. 간신히 새벽 3시쯤 잠이 든다 싶으면 7시에는 깨우잖어. 7시 반쯤 되면 저쪽 방부터 아침밥이 나오더라고."

"아침밥은 뭐였는데?"

"큰 그릇에 멀건 죽을 담아주드라고. 거기다가 부들부들한 매실이었는데……"

"페이스트?"

"그래, 페이스트. 그리고 뭐였지……, 전혀 기억이 나지를 않네. 이제 완전히 바보멍청이가 되어버렸어. 안 되것다. 빨리 죽어야지."

어제도 그저께도 두 사람의 대화는 똑같았다. 대화가 길어지면 할아버지는 늘 같은 말만 반복했고 거기에 맞추어 겐토도 같은 대답을 했다. 겐토가 할아버지에게 건넨 말도, 할아버지가 겐토에게 하는 말도 모두 할아버지의 기억 속에서 사라져갔다. 몇 시간만 지나면 다 잊혀질 대화가 답답하면서도 겐토는 신기하게 따분하거나 지루하다는 생각이 들지 않았다.

상대가 무슨 말을 할지 이미 알고 있는 대화는 하나의 정신적 수행 같았다. 할아버지와 대화를 할수록 자기 내부에서 무언가가 정리되는 것 같았다. 그리고 이어지다가도 사라지는 대화 속에서 할아버지는 자신에게 위기감이나 스트레스를 주는 정보만큼은 동물처럼 예민하게 다 기억하고 있었다.

어젯밤은 어떻게 보냈는지 묻자 할아버지가 이렇게 대답했다.

"꿈을 꿨는디, 옛날 전우들이 나왔지 뭐여?"

"전우?"

"전쟁이었잖어. 전우들이 몇 명이나 오우카에 타서 꽃처럼 져버렸지. 거기 타기 전에 전쟁이 끝나서 이 할아버지는 살아 있는 거여. 이제 나도 슬슬 데리러 와주면 좋것는디."

할아버지는 팔에 링거 바늘을 꽂은 상태여서 평소처럼 얼굴 앞에 두 손을 모으지는 못했지만, 눈을 감고 입을 꾹 문 채 무언가를 기도하고 있었다. 그때 간호사가 나타났다.

"실례합니다. 바이털 체크를 해야 해서요. 잠시만 자리 좀 비켜주실래요?"

40대로 보이는 간호사가 겐토에게 간지러운 목소리로 말했다. 겐토는 자기도 환자 취급을 받는

147

것 같은 찜찜한 기분에 복도로 도망쳤다. 핸드폰을 꺼내 인터넷으로 아까 할아버지가 한 말을 찾아보았다. '오우카'라는 건 아마도 2차 세계대전 말기에 일본 해군에서 개발하여 실전 투입한 자살 공격용 특수 공격기인 '오우카桜花'를 뜻하는 것 같았다. 제로 전투기처럼 프로펠러가 달린 비행기와는 달리 미사일에 조종간이 달렸을 뿐인 간소한 기체機體였다. 상공에서 모기母機와 분리되면 잠시 활공을 하다가 제트 분사를 이용하여 아주 낮은 위치에서 맹렬한 스피드로 적함에 뛰어들었다고 한다.

5인치짜리 화면으로 오우카를 계속 조사해보니 정확한 사실인지는 알 수 없지만, 음속 수평 비행을 최초로 성공한 미군 항공대의 로켓 엔진형 비행기가 독일의 V2 로켓과 오우카를 참고했을 가능성이 높다는 글도 보였다. 할아버지가 오우카를 타고 날아가는 흑백 영상을 머릿속으로 떠올려보려고 했지만 너무 현실성이 떨어져서 상상하는 것도 쉽지 않았다. 그 대신 옛날에 본 영화에서 오렌지색

벨 X-1이 음속의 벽을 돌파하던 장면이 머릿속에 떠올랐다. 생전의 아버지와 처음으로 함께 봤던 영화로 퇴근길에 대여점에 들러서 빌려 봤었다.

병실로 돌아간 겐토는 저녁을 먹는 할아버지 수발을 들다가 할아버지의 틀니를 씻었다. 말상대가 되어주는 것 말고 간만에 제대로 된 간병을 하니 다시 한번 자신의 사명이 떠올랐다. 할아버지는 고통이나 공포가 없는 죽음을 간절히 원하고 있었고, 자신은 손자로서 그것을 도와야 했다. 격세유전이 사실이라면 자신도 언젠가는 의료가 훨씬 발전된 미래에 할아버지와 같은 도전을 하고 있을지도 모를 일이다. 아니면 돌아가신 아버지처럼 젊은 나이에 세상을 떠나게 될지도 몰랐다.

"나 죽는다아아."

병실 세면대 앞에 선 겐토에게 노파가 크게 외쳤다. 똑바로 누운 상태에서 머리만 드는 자세는 복근의 힘이 상당히 필요한 동작이었고, 저 커다란 목소리는 폐나 횡격막 주변의 근육이 튼튼하다는

증거였다. 다시 말해 저 노파의 몸 자체는 꽤 튼튼
하다는 뜻이었다. 노파의 목소리에 고개를 젓고 있
는데 젊은 간호사가 나타나 사근사근한 목소리로
말을 걸었다.

"나 좀 죽여주소!"

"조금만 더 기다리세요."

"네에."

간호사의 목소리에 노파가 얌전해졌고 일을 마
친 간호사는 금방 병실을 나갔다. 할아버지의 틀
니를 씻으면서 창밖으로 눈길을 돌리자 밤하늘에
보름달이 보였다. 북향으로 난 자기 방에서는 절
대 볼 수 없는 아름다운 보름달이었다. 가만히 바
라보고 있자니, 그야말로 이 병실에 상냥한 천사들
이 마중하러 올 것만 같은 기분이 들었다. 다 씻은
틀니를 케이스에 넣어둔 후에도 겐토는 달에서 눈
을 뗄 수 없었다. 달빛에 넋을 놓고 있는 동안 불가
능한 일들은 하나도 없을 것만 같은 생각이 들었
다. 인간은 50년도 전에 우주로 날아가 달의 궤도

를 따라 빙글빙글 돌고 있다. 고통 없이 천국에 가는 것도 충분히 가능하지 않을까?

커튼으로 가로막힌 공간으로 돌아가 온몸에 튜브를 꽂고 있는 할아버지에게 틀니를 돌려준 겐토는 절실하게 빌었다. 그저 매뉴얼대로 상냥한 목소리를 쥐어짜는 사람들 틈에 둘러싸여, 이렇게 비인도적이며 불길한 공간에서 할아버지의 최후를 맞이하게 할 수는 없었다. 신부전인지 폐부종인지 모르겠지만, 고통만 크면서 물러터지기만 한 죽음은 할아버지에게 어울리지 않았다.

"어여 데리러 오면 좋겠는데."

이런 데서 죽을 때가 아니잖아, 하고 겐토는 자기도 모르게 소리를 칠 뻔했다.

자기 손으로 고통이 없는 죽음을 쟁취하란 말이야! 목숨을 아까워하는 법도 없이, 음속의 벽을 깨는 것보다 더 힘든 일을 해낸 당신이잖아! 그런 걸 할 수 있는 사람이잖아!

"빨리 퇴원해서 집에 가자."

"돌아가고 싶어도 이제 못 할거 같아."

"아니야, 할 수 있어."

겐토는 오랜만에 할아버지를 다독였다. 무모한 꿈을 이루기 위한 올곧고 강한 의지가 할아버지에게는 분명 존재할 것이다.

오후 2시 넘어서 면접을 하나 마친 겐토는 메이지진구마에 역을 지나 요요기 공원을 경유해서 신주쿠 방면으로 걸어갔다. 겐토는 요즘 들어 섹스를 거의 하지 않는 대신 매일 죽을 만큼 열심히 자위하며 정자 생산력을 유지했다. 몸을 단련하고 열심히 공부했으며 일주일에 두 번은 면접을 보러 다니느라 날마다 바쁘게 보냈다. 이전에는 붙을 리가 없다고 쳐다보지도 않았던 대기업의 면접도 열심히 보러 다니면서 어려운 상황에 대항하는 내성도 키웠다.

신주쿠에서 전철을 타고 집으로 돌아가 옷을 갈

아입고 화장실로 들어갔을 때, 겐토는 무의식중에 손이 채뇨용 컵을 찾고 있다는 것을 알아차렸다. 4박 5일 동안 입원한 채로 임상 실험을 받는 아르바이트에서 그저께 막 돌아온 참이었다. 구직 활동을 해야 해서 짧은 일정의 실험을 신청하긴 했지만, 4개월의 기간을 두고 받은 두 번째의 임상 실험은 정말로 힘들었다.

외출이 금지된 채 병원에 틀어박혀 끊임없이 물을 마시고 한 시간 간격으로 소변과 혈액을 채취했는데, 정해진 시간 이외에 화장실에 가고 싶으면 접수처에 가서 화장실 열쇠와 컵을 받아야 했다. 채취된 소변은 모두 화장실 안의 냉장고에 보관되었고 자위도 할 수 없었다. 식당에서는 텔레비전을 보거나 게임을 하는 사람들이 있어서 공부도 할 수 없었다. 무엇보다 혈중 크레아틴키나아제creatine kinase, 근육 활동시에 ATP 생성 반응을 촉매하는 효소의 농도를 일정하게 유지해야 했기 때문에 스트레칭 정도의 운동도 할 수 없어서 더욱 괴로웠다. 한 시간마다 반복

되는 소변과 혈액 채취가 신경 쓰이다 보니, 침대
에서 책을 보기도 어려웠다. 결국 겐토는 드러누워
서 천장을 올려다보고 있을 수밖에 없었다. 예전에
할아버지의 처지를 이해하고 싶어서 시도했던 것
과는 비교도 할 수 없을 만큼 가혹한 상황에 발작
을 일으킬 것만 같았다. 겐토는 돈이 아니라 의학
발전을 위한 숭고한 실험이라는 것을 생각하며 마
지막까지 긍지를 갖고 참아냈다.

실험을 받고 나서 훨씬 더 할아버지의 처지를 이
해하게 된 겐토는 화장실을 나오자마자 바로 할아
버지의 상태를 살피러 갔다. 전동 침대에 누운 할
아버지는 머리맡에 탁상시계 하나와 손목시계 두
개, 그리고 소형 LED 스탠드를 놔두고 있었다. 몇
년 동안이나 엄마에게 전동 침대를 사달라고 졸라
댔으면서 막상 겐토가 사주니 머리맡에 약이며 이
것저것 올려놓느라 침대의 각도 조절 기능은 쓰지
도 않았다. 얼마 남지 않은 돈을 털어 사주었는데
도 이런 상황을 보니 겐토는 자기가 바보 취급을

당한 것 같아 짜증이 났다.

"괴로워……. 그냥 콱 죽었으면……."

상반신을 겨우 일으킨 할아버지는 고개를 툭 떨구더니 울먹이는 목소리로 중얼거렸다. 환자를 약에 취한 상태로 만들어버리는 병원에서 2주나 누워 지냈던 할아버지는 입원하기 전보다 훨씬 더 약해지고 말았다. 우는 소리나 죽음에 대한 갈망이 강해지고, 건망증까지 심해졌다.

얼마 전에는 귀가 안 들린다고 난리를 쳐서 겐토가 할아버지를 모시고 보청기 가게까지 간 적도 있었다. 검사 결과 청력 자체는 약해지지 않았고 그저 소리에 대한 주의력이 산만해진 것뿐이라고 보청기 가게 직원이 격려해주었다. 그러나 할아버지는 청력이나 뇌 자체의 문제가 아니라 기력이 없다는 소리를 들은 것이 더 큰 불만인 모양이었다. 육체가 약해지면서 눈에 보이지 않고 수치로 드러낼 수 없는 고통이 덩달아 심해졌다는 것은 명확했다. 고통 없는 죽음을 바라는 할아버지의 마음이 그 어느 때보다 강해졌다는 뜻이었다.

"아침하고 점심에 약은 먹었어?"

몇 시간 전의 일도 기억하지 못하고 가는 목소리로 다시 울기 시작하는 할아버지를 내버려둔 채 겐토는 거실로 가서 세세하게 분류해놓은 약봉지를 확인했다. 약이 워낙 많아 어느 시간대에 먹어야 할 약인지 겐토가 하나하나 나누어 봉투에 담고 매직으로 표시를 해두었다. 점심 약이 그대로인 것이 보여 약봉지와 물 한 잔을 챙겨 방으로 가지고 갔다. 약을 분류하느라 써야 하는 뇌의 운동도, 약이 놓인 장소로 가기 위한 다리 운동도 모두 철저하게 막아야 했다.

"자, 할아버지가 좋아하는 이 혈액 찰랑찰랑 약도 먹어야지."

약을 함부로 쓰는 병원답게 처방된 약은 노인의 한 끼 식사 분량에 가까웠다. 몇 번에 나누어 약을 먹고, 컵에 가득 든 물까지 다 먹은 할아버지는 배가 불러 괴로워 보였다. 할아버지에게 약을 챙겨준 후 옷 정리를 다 끝내지 못해 어질러져 있는 방을 정돈했다. 할아버지가 머리를 쓰지 않도록 오래된 약을 버리는 것도 겐토의 몫이었고, 이제 입지 않을 것 같은 겨울옷을 하나씩 할아버지에게 확인받고 버리는 것도 겐토의 일이었다.

"이 옷, 이제 입을 일 없지?"

"응, 이제 안 입을 거여."

겐토는 남은 옷도 전부 계절별로 나누어 정리하고, 더 이상 입지 않는 옷은 할아버지 눈앞에서 상자에 넣고 테이프로 봉한 다음 창고에 넣어두었다.

오후 2시쯤, 할아버지도 노인 요양 서비스를 받으러 가서 집에 아무도 없다. 공부를 마무리한 겐토는 흥분과 공포를 함께 품고서 다다미방으로 가서 '급강하'를 시작했다. 오른손의 염증도 이제 다 나았다. 둔해진 상반신을 단련하려고 겐토는 이전보다 더 길게 한 세트당 85초를 버티며 다섯 세트나 했다. 점심을 과하게 먹은 덕분에 혈당이 순식간에 운동 에너지로 전환되어 잠기운을 날리고 호전적인 기분을 안겨주었다.

겐토의 머리에 할아버지의 얼굴이 떠올랐다. 얼마 전 할아버지를 병원으로 옮기기 위해 안아 들었을 때 등 근육을 조금 다쳤다. 그 끈질긴 생물의 근육을 약하게 만들기 위해서는 더 가볍게 안아 올릴 수 있는 힘을 갖추어야 했다. 2시부터 시작된 낮잠으로 할아버지의 근육이 퇴화되고 있을 지금, 겐토는 두 번째 지옥문을 열었다. 겐토는 맞춰놓은 타이머 소리에 무너지듯 떨어지며 자기도 모르게 욕을 해댔다. 일주일에 한 번 정도 단련하지 않으면 유지할 수 없는 근육을 앞으로도 계속 유지할 수 있을까? 이런 의문을 품으면서도 거친 호흡으로 산소를 되찾고 있는 뇌의 냉정한 부분이 어서 몸을 일으키라고 재촉했다.

일정 기간 집중적으로 단련하면, 근섬유의 핵이 증가하면서 그 기억이 축적된다고 한다. 젊은 시절 운동을 하던 사람이 나이 든 후에도 운동을 다시 하면 금방 옛 근육을 되찾게 되는 것도 바로 이 때문이다. 설사 몇 개월 후, 이 지옥 같은 단련을 그만둔다고 해도 지금 이 근력 훈련은 결코 아무런 성과 없이 끝나는 것이 아니다. 근육은 이 지옥을 모두 기억하고 있을 것이다. 겐토는 떨리는 몸을 추스르며 다시 의자에 발을 얹었다.

오후 6시쯤 되자 창 바깥에서 자동차 엔진 소리가 들렸다. 오늘 아침 겐토는 할아버지를 아래까지 바래다주고 요양 센터의 직원과 인사를 나누었다. 집에 사람이 있다는 것을 알려준 셈이라 마중을 나가야 했다. 겐토는 공부를 중단하고 아래층의 주차장으로 향했다.

"어서 와."

직원에게서 할아버지를 인계받은 겐토는 신중히 걷는 할아버지 앞에 서서 요양 센터의 버스에서 멀어지게 했다. 걸음이 느린 할아버지가 계단 밑까지 왔을 때야 겨우 버스가 방향 전환을 하여 떠나갔다.

계단을 앞에 두고 할아버지는 여봐란듯이 한숨을 쉬었다.

"못 걷것어."

젠토는 아무 말도 하지 않고 할아버지의 얼굴을 쳐다봤다가, 형광등 불빛이 내리쬐는 계단으로 시선을 돌렸다. 계단 13개, 충계참을 두고 다시 계단 12개. 초등학생 때 젠토네 집으로 놀러왔던 같은 반 여자애가 충계참에서 굴러 떨어져 엉엉 울긴 했지만 상처는 하나도 입지 않았던 계단이었다. 젠토의 다리를 단련하는 데에 도움이 되기도 했다. 할아버지를 가만히 쳐다보기만 하다가 1분 정도가 지났다.

"자, 계단 안 올라가면 집에 못 가."

그래도 할아버지는 난간에 기대어 고개만 숙인 채 도통 계단을 오르려고 하지를 않았다. 허리를 다쳐서 한 걸음 내디딜 때마다 통증이 느껴지는 것도 아니면서. 젠토의 마음속에서 망설임과 짜증이 솟구쳤다. 과거 그 어느 때보다 쇠약해진 할아버지의 몸과 정신에 제대로 적응하지 못한 것은 겐토도 마찬가지였다.

"뭘 어쩌라는 거야? 아무 말 않고 그러고만 있으면 내가 어떻게 알아? 아무 생각도 않고 그렇게 꾸물거리고 있으면 주변에서 알아서 다 해줄 줄 알아? 나더러 할아버지를 업거나 안고 들어가라고? 그래, 해달라면 해줄 수는 있어. 그런데 뭘 원하는 게 있으면 똑바로 말하란 말이야."

"그런 소리 할 것 없잖어."

할아버지는 울먹이며 작은 목소리로 대꾸하더니 난간에 푹 엎드려버렸다.

"울어봤자 소용없어!"

겐토의 고함이 건물 현관에 울렸을 때, 아파트에 사는 한 아주머니가 계단을 올라갔다. 잠시 후 할아버지는 별 시간도 걸리지 않고 자력으로 계단을 다 올라갔다.

토요일부터 사흘 동안, 단기로 요양 시설에 들어간 할아버지를 맞이하러 간 겐토는 직원들이 자신을 다소 의아한 얼굴로 쳐다본다는 것을 알아차렸다. 오후 3시는 가족이 찾아오기에 다소 이른 시간이긴 했다. 노골적으로 불시에 검문을 한다고 불쾌하게 여기는 것일까? 그렇다면 외부 사람에게 보여서는 안 되는 행동을 하고 있다는 증거가 아닌가? 괜한 생각에 적진에 뛰어들기라도 하듯 할아버지 방으로 간 겐토는 뜻하지 않은 장면을 보고 말았다.

젊은 여성 도우미의 팔과 몸을 할아버지가 만지고 있었던 것이다. 물론 도우미는 침대에서 내려오는 할아버지를 돕고 있긴 했지만, 그걸 빌미로 할아버지는 젊은 아가씨의 몸을 지나치게 만져대고 있었다. 집에서도 침대에서 내려올 때 저렇게 남의 도움이 필요하진 않았다. 혈색도 안 좋고 퉁퉁 부은 손이 젊은 아가씨의 흰 피부를 야릇하게 더럽히고 있었다.

"혼자 설 수 있잖아."

"아……, 아아, 겐토구나."

갑작스러운 손자의 등장에 당황한 할아버지는 여성 도우미의 몸에서 두 손을 떼고 벌떡 일어났다. 88세나 되어 가지고 성욕에 휩쓸린 행동을 저지르다니, 참으로 징그러운 노인네였다. 그보다 노인의 성욕이란 건 도대체 뭐란 말인가.

할아버지의 성욕이 자손의 번영을 위한 본능이라면 할아버지는 차라리 죽어서 다음 세대의 부담을 줄여주는 것이 자손의 번영에 훨씬 도움이 될 것이다. 할아버지의 성욕과 존엄사를 돕고자 하는 겐토의 의지는 자손 번영이라는 연결고리를 가지고 있었다. 그러니 지금껏 성욕을 감추지 못하는 노인을 저세상으로 보내도록 애쓰는 것은 자손 번영을 바라는 늙은 호색한도 바라던 일일 터였다. 겐토는 할아버지를 반강제로 끌고 나와 요양 센터를 떠났다.

약을 과하게 쓰는 병원으로 할아버지를 데리고

갔다가 오후 5시 반쯤에 집으로 돌아왔다. 빨래를 걷고 욕실을 청소하고 쌀을 씻으면서 집안일을 해치우고 할아버지의 약을 시간별로 분류해놓은 후, 겐토는 방으로 돌아가 자위에 힘을 썼다. 조금 전 목격한 할아버지의 성욕이 너무 징그러워서 그걸 잊게 할 행위가 필요했다. 연달아 세 번을 뽑아내고 힘이 빠진 겐토는 침대에 누워버렸다. 왕성한 20대의 성욕을 스스로 확인한 덕분에 할아버지의 야릇한 손길을 그저 도움을 갈구하는 약자의 손으로 다시 생각할 수 있었다.

그 후, 거실에서 대여한 DVD를 혼자서 보기 시작했다. 미국의 한 케이블 텔레비전 방송국에서 제작한 제2차 세계대전 중 일본 해군에 관한 다큐멘터리였다. 한참 보고 있는데 엄마가 집에 돌아왔다.

"뭘 그런 걸 보고 있니?"

40인치 텔레비전에 비치는 붉고 푸른 색의 옅은 컬러 영상이 이상해 보이는 모양이었다.

"할아버지가 탈 뻔했던 특공 전용기가 어떤 건가

싶어서."

"특공? 아니야. 적성 시험에 떨어져서 비행기는
안 탔어. 미토水戸에서 숨어서 고사포항공기를 사격하는 데
쓰는 앙각이 큰 포로 적기를 쐈다던데?"

몇 가지나 되는 정보가 한꺼번에 쏟아져 나오는
바람에 겐토는 순간 엄마의 말을 이해하지 못했다.

적성 시험 탈락, 미토, 고사포……

"어, 그거 엄마가 할아버지한테서 들은 이야기
야?"

"아니. 할머니하고 친척들이 얘기해준 것도 있
고, 내가 중학생 때 집에 왔던 할아버지 전우라는
사람이 얘기해준 것도 있지. 할아버지는 아무 말도
해주지 않으니까."

혼란에 빠진 겐토의 시야에 미군이 찍은 장면이
들어왔다. 흑백 화면 전체가 쪽빛으로 착색되어 마
치 모형처럼 보이는 1식 육상공격기가 오우카를
사지까지 나르는 영상이 소리 없이 나오고 있었다.

응급실에 실려 가며 죽음을 각오했던 사람이 과

연 거짓말을 했을까? 누구 말이 잘못된 거지?

"그거 내가 들은 얘기랑 좀 다른데?"

"노망난 영감한테 무슨 소리를 들었는지 모르겠지만, 나도 직접 들은 적은 없어. 할머니도, 그 당시 전우도 다 죽었으니까 이젠 확인할 방법도 없지만."

그렇게 말하면서 엄마는 슈퍼에서 사 온 팩에 들은 도넛 한 개를 베어 물며, 주방에서 저녁 식사 준비를 시작했다.

공부하고 있던 겐토는 지팡이 짚는 소리 때문에 집중력을 잃고 말았다. 유난히 빈번하게 복도를 왔다 갔다 한다고 생각하다가 할아버지가 하는 행동이 무엇인지 알아차리고 복도로 나왔다.

"뭐 하는 거야?"

"누워만 있으면 안 되니까, 이렇게 걷는 것이여."

할아버지는 그렇게 말하면서 평소에 하지도 않

았던 운동을 보란 듯이 계속했다.

"방해만 되니까 어슬렁거리지 말라고! 어차피 내일은 하지도 않을 거면서!"

겐토가 소리치자 할아버지는 사과하면서 천천히 방으로 돌아갔다. 할아버지에게 걷게 할 기회를 주면 자신의 절절한 소망에서 멀어질 뿐이다.

오후 3시가 지날 무렵, 겐토는 롤 케이크를 작게 잘라 보리차와 함께 쟁반에 담아 할아버지의 방으로 들고 갔다. 비가 와서 어둡고 습한 방 안에 할아버지는 천장만 멀거니 보고 있었다.

"간식이야."

죽은 게 아닌지 의심하고 있던 중에 할아버지가 천천히 일어나 보리차로 목을 축였다. 그렇지만 롤 케이크에는 손도 대려 하지 않았다. 바로 몇 시간 전까지 운동을 한답시고 집 안을 헤집고 다닌 것이 거짓말 같았다. 간식을 같이 먹으려고 가져온 단단한 쇠고기 육포를 겐토는 보란 듯이 꺼내 씹기 시작했다. 소매를 걷어붙여 젊은이의 튼실하고 탄력

있는 근육도 내보였다. 늙어가는 몸과 젊음 사이의
메울 수 없는 절망적인 차이를 실감시키고 싶었다.

"이제 자리보전하고 있는 처지가 되었네……. 괴
롭다."

소화되어 온몸에 흩뿌려지는 쇠고기의 단백질
이 몸 구석구석의 근섬유에 공급되어 겐토를 성장
시키는 것 같았다. 그런 겐토의 건강한 육체 앞에
서 입원하기 전보다 훨씬 작아진 할아버지는 힘없
이 자신의 죽음을 바라고 있었다.

"겐토야, 행복을 빈다."

"나는 괜찮아."

할아버지는 두 손을 모으고 겐토와 엄마, 요양
시설의 도우미, 옛날 은인들, 이제까지 신세를 진
주변 사람들에게 고맙다고 조곤조곤 말했다.

"시로가 걱정이여."

육포를 씹고 있던 겐토는 처음에는 그게 셋째 외
삼촌을 말하는 것인지 바로 알아차리지 못했다.

"어쩌다가 그런 일이 생겨서……."

아내와 함께 할아버지를 괴롭히고 쫓아낸 외삼촌은 그 후에 이혼을 당했다. 급기야는 할아버지에게 돈을 달라고 조르다가 결국은 엄마와 고로 외삼촌의 주도로 아예 절연을 당하고 말았다. 그 후로 시로 외삼촌은 기초생활수급자 생활을 하며 지냈다. 겐토는 할아버지가 시로 외삼촌을 불쌍히 여기는 말을 처음으로 들었다.

"그놈이 어떻게 해야 내가 눈을 편히 감을지."

할아버지의 후회와 자비가 담긴 말을 들으며 겐토는 위화감을 느꼈다. 예전부터 나가사키에 사는 시로 외삼촌 부부에 관해서는 어째서인지 나쁜 인상만 가지고 있었다. 그건 도쿄로 온 후 나가사키로 거의 내려가지 않는 엄마에게서 들은 이야기들이 원인이었다. 또 엄마가 하는 말들도 엄마 자신이 직접 보고 들은 것이 아니라 전부 할아버지에게서 전화로 들은 소식이었다.

10년도 훨씬 전, 고등학생 시절 할머니의 제사 때문에 나가사키에 갔을 때였다. 그때 할아버지를 비롯한 친척들의 사투리를 알아먹지 못해 어색하게 앉아 있던 겐토에게 시로 외삼촌 부부와 겐토 또래의 사촌 두 명은 싹싹하고 친절했다.

아들 부부에게 괴롭힘을 당하다 본가를 떠나게 되었다는 할아버지의 말은 알고 보면 거짓말이 아니었을까? 그렇지 않다면 지금 후회스러운 말을 내뱉는 할아버지는 어떻게 설명할 수 있을까? 할아버지를 모시고 난 후, 할아버지를 대하는 엄마는 아주 모질고 험한 사람이 되어버렸다. 지금보다 훨씬 더 건강하고 자기 마음대로 돌아다닐 수 있었던 그때의 할아버지를 주변 사람들이 견디기 힘들어했을 수도 있다. 그러나 외삼촌 부부는 이제 헤어져버렸고 연락을 할 방도도 없어서 그들이 정말로 할아버지를 괴롭혔는지는 확인할 수 없게 되었다.

매일 이렇게 얼굴을 맞대고 이야기를 나누어도 반세기 이상 먼저 태어난 할아버지에 대해서 알지 못하는 것들이 점점 늘어만 갔다. 그렇다고 해서 눈앞의 할아버지에게 이것저것 물어볼 용기는 없었다. 이상하게도 할아버지에게 옛날 일을 물어보는 것이 어려웠다. 그리고 직접 물어본다고 해도 할아버지의 머릿속에만 존재하는 지도와 시계는 전혀 다른 이야기를 만들어낼 것만 같았다.

"이 케이크, 부들부들하고 달콤허네. 오늘 먹은 것 중에 젤루 맛있어."

어느새 롤 케이크에 손을 댄 할아버지가 오늘 처음으로 웃는 얼굴을 보이며 말했다. 전쟁 영화 같은 것을 보면 나이 든 이들이 예전 일들을 떠올리며 감회 어린 얼굴로 이야기를 쏟아내는 장면을 자주 볼 수 있었다. 겐토는 할아버지의 과거를 알고 싶다기보다 가까운 사람의 예전 삶을 알지 못한다는 부끄러움으로 자신의 마음이 흔들리는 것이라고 여기고 싶었다. 손자에게 그런 마음이 들게 하는 할아버지가 밉기까지 했다.

"어제 요양 서비스 받으러 가서는 뭐 했어?"

"뭘 했더라…… 아, 종이접기도 하구, 낮잠도 자구, 간식도 먹었지. 그리고 또 뭘 했더라……

어…… 모르것다."

"타쿠미 생일은 언제야? 나이는 몇 살인데?"

"모르것어……. 이제 바보가 된 거 같어. 죽어야
돼."

겐토는 자꾸만 할아버지가 기억하지 못하는 것
들을 질문했다. 기억을 하지 못한다는 상황은 할아
버지에게 가장 큰 스트레스를 주며 뇌와 몸을 위축
시켰다. 이는 곧 존엄사를 향한 할아버지의 의지를
불태워줄 터였다.

"지난번 스모 경기는 누가 이겼는지 기억나?"

"겐토는……."

이마에 손을 대고 고개를 숙이고 있던 할아버지
가 갑자기 겐토를 쳐다보았다.

"이 할아버지가 죽으면 어떻게 할 거여?"

숨이 턱 하니 막혔다. 혼잣말인지, 겐토에게 정
말로 물어보는 것인지 알 수가 없었다. 겐토는 할
아버지의 말이 무슨 말인지 잘 모르겠다는 듯 할아
버지의 말을 무시해버렸다.

"에미야, 오늘은 목욕해도 되냐?"

"몰라요. 하고 싶으면 알아서 겐토에게 부탁하세요. 그리고 에미라고 부르지 마요."

할아버지는 식사를 마치고 약을 먹다가 엄마에게 목욕에 대해 묻는 통에 괜한 소리를 듣고 시무룩해 있었다. 겐토는 그 모습을 보고 소파에서 일어나 할아버지의 목욕을 돕겠다고 나섰다. 할아버지는 욕실에서 옷을 벗기 시작했고 겐토는 그보다 빨리 자기 바짓가랑이를 걷어 올렸다. 지금까지는 목욕을 돕는다고는 해도 형식적으로 욕조에 들어간 할아버지를 쳐다보고 있을 뿐이었지만, 퇴원한 이후부터는 할아버지가 욕조에 들어가는 것부터 도와주었다.

"자, 들어가."

"고마워. 미안혀."

겐토는 먼저 할아버지를 목욕 의자에 앉혀 샤워기로 온몸을 가볍게 씻어내고 욕조에 들어가도록 잡아주었다. 알루미늄 지팡이 대신 근력 운동으로 다져진 자신의 몸이 살아 있는 지지대가 되는 셈이었다. 겐토는 어쩐지 긴장되었다. 별것 아닌 동작이었지만 알몸인 노인과 피부를 맞대는 감각은 영 낯설었다. 마치 자기도 홀딱 벗겨진 것 같은 기이한 피로감이 몰려왔다.

"5분 정도 들어가 있으면 되려나?"

욕조에 몸을 담근 할아버지에게 물어보며 손을 떼려고 했지만 할아버지는 겐토의 손목을 부여잡고 놓으려 하지 않았다.

"빠져 죽으면 어떡혀."

"이렇게 좁은 욕조에서 어떻게 빠져 죽어."

할아버지의 몸은 부력으로 살짝 떠올랐고, 물은 할아버지 가슴 언저리에서 찰랑거리고 있었다. 반고리관이 약해져서 그런지 몸이 떠오르는 감각이 무서운 모양이었다. 그러나 바로 며칠 전, 할아버지가 물에 빠져 죽는다고 하도 시끄럽게 구는 통에 겐토는 욕조에 물을 끝까지 받아서 괜찮은지 다 확인을 한 상태였다. 부력을 이겨내고 물에 몸을 가라앉히는 것이 오히려 더 힘들었다.

"아, 이러다가 진짜 빠진다니까."

그래도 할아버지는 겐토를 놓으려 하지 않았다. 쪼그라든 우엉 토막 같은 성기를 매단 괴물이 늪에서 기어 올라와 자기 몸에 들러붙는 것만 같았다. 소름이 끼친 겐토는 갑자기 소변이 마려웠다.

"잠깐 볼일 좀 보고 올게."

"빠져 죽는다아⋯⋯."

"아이참, 안 빠진다니까!"

겐토는 억지로 손을 뿌리치고 화장실에 갔다가 거실에서 엄마가 할아버지 욕하는 것을 잠시 들어 주었다. 엄마의 이야기를 들으면서 멜론도 한 조각 먹고 잠시 쉬다가 욕실로 다시 돌아갔다. 철벅거리는 물소리가 시끄럽게 울려서 반투명 유리로 된 문을 얼른 열었다. 할아버지는 오른쪽 상반신이 물에 잠긴 채로 두 손을 마구잡이로 흔들면서 허우적거리고 있었다.

익사하는 건가?

공포에 사로잡힌 겐토는 날뛰는 괴물을 끌어올리려고 서둘러 할아버지의 왼팔을 잡아당겼다.

정말로 욕조 물에 빠져 익사할 뻔했다. 반고리관이 약해진 할아버지는 별것도 아닌 욕조에서 자세를 제대로 잡지 못하고 물에 빠지고 말았던 것이다.

혼날지도 모른다는 생각이 들었다. 어린 시절 외가에 갔다가 옆집 마당에 열린 금귤을 몰래 먹었다가 혼난 적이 있었다. 그때의 기억과 감정이 단번에 되살아났다. 겨우 호흡이 안정된 할아버지는 겐토의 팔에 매달린 채 빨리 욕조 밖으로 나가게 해 달라고 무언의 재촉을 했다. 동요하면서도 겐토는 묵묵히 할아버지의 몸을 행궈주었다. 우는 소리도 하지 않고 그렇다고 무어라 불만을 표하지도 않는 할아버지는 묘한 위압감을 풍기고 있었다. 그 압박에 짓눌리는 기분이 들었다.

일부러 물에 빠뜨린 거라고 생각하는 게 아닐까?

할아버지는 그냥 어쩌다 일어난 사고라고 생각

할 수도 있었다. 하지만 겐토 스스로가 자신을 믿을 수 없어 불안해하고 있었다. 마음속 깊은 곳에서 고통 없이 죽게 해주고 싶다는 친절한 마음과는 상반되는 열망이 도사리고 있던 건 아닐까? 그 열망에 이끌려 위험하다고 생각하면서도 욕조에 혼자 두려고 한 것은 아닐까?

욕실에서 나와 조심스럽게 몸을 닦아주는 겐토를 향해 할아버지가 입을 열었다.

"고마워. 겐토 니가 할아버지를 구한겨."

온화한 어조의 그 말에 자기도 모르게 손을 멈추었다.

"죽을 뻔했어."

그 한마디에 겐토는 좁은 욕실 입구에서 평형감각을 잃고 허우적거릴 뻔했다.

아니구나.

나는 뭔가 큰 착각을 하고 있었던 게 아닐까?

하루하루 약해지기만 하는 몸으로 기를 쓰고 속옷을 입고 있는 할아버지를 보면서 겐토는 마음을 진정시키려 애썼다. 손자를 제 마음대로 휘두르고 있는 이 노인은 생에 집착하고 있었다.

그 후로도 할아버지는 겐토를 탓하는 말은 한마디도 하지 않았다.

짐을 가득 채워 넣은 커다란 백팩을 멘 겐토는 점심 무렵 집을 나왔다. 역까지 배웅하러 가겠다는 할아버지의 성화에 못 이겨 결국 엄마가 차 열쇠를 가지러 갔다. 언덕 근처에서 엄마를 기다리고 있던 겐토와 할아버지 위로 늦여름의 따가운 햇빛이 쏟아졌다. 시끄러울 정도로 울어대는 매미 소리 때문에 대화하기도 힘들었다.

겐토는 분식회계기업이 재정 상태나 경영 실적을 실제보다 좋게 보이게 할 목적으로 부당한 방법으로 자산이나 이익을 부풀려 계산하는 회계로 회사 실적이 악화되었던 의료 기기 메이커의 자회사에 영업직으로 뽑혔다. 몇 달간 해온 행정서사 자격시험 공부와는 전혀 관계도 없는 직종이었지만, 삼류대학 출신은 엄두도 낼 수 없는 큰 회사였다. 절대 붙을 수 없는 회사에 들어갈 수 있었던 것은 그간 생산적인 생활을 해오며 기른 다양한 능력 덕분이라는 생각이 들었다. 근무지는 이바라키현이었고 사택은 회사에서 10킬로미터 정도 떨어진 아미마치라는 곳에 있는 아파트였다. 채용이 결정되고 한 달 내에 이사를 해야 해서 벌써 두 번이나 다녀오기도 했고, 32만 엔짜리 중고차도 구해두었다.

"쓸쓸하것어."

에어컨이 켜진 차가 언덕길을 내려가기 시작하자, 뒷좌석에 앉아 있던 할아버지가 조수석에 앉은 겐토를 향해 말을 던졌다. 엄마와 외삼촌은 할아버지를 나가사키현에 있는 특수 노인 요양 시설에 보내려고 예약을 마친 상태였다. 시골에 있는 시설이어서 비교적 경쟁률이 낮았지만 그래도 할아버지에게 차례가 돌아오려면 이삼 년은 기다려야 하는 모양이었다.

"이바라키는 별로 안 머니까 시간 나면 자주 올

게.”

“이 할아버진 신경 쓰지 말고 열심히 혀.”

젠토는 허를 찔린 기분이었다. 할아버지는 자기가 외로워질 것만 걱정하고, 그런 불만만 늘어놓을 것이라 생각했다. 하지만 아니었다. 괜한 허세인 걸까? 아니면 진짜 말 그대로 할아버지를 ‘신경 쓰지 말고’ 살아가라고 말하는 걸까?

“당분간은 이바라키에서 근무하겠지만 도쿄의 본사로 돌아올 수도 있어.”

그때까지도 할아버지는 요양 시설 입소를 기다리며 살아 있을지도 모른다. 할아버지가 죽는다는 것은 오히려 상상하기가 어려웠다. 특수 요양 시설에 들어가면 전문 간병인들의 완전한 관리를 받으며 괴로워하면서도 더 오래 목숨을 부지하는 지옥을 맛보게 될 수도 있었다.

“엄마한테 많이 혼날 테니까, 할아버지 편들어줘야지. 추석이나 연말이나 설에는 꼭 올게.”

“전철 타면 금방이잖아. 주말에 시간 되면 언제

든 와."

"아니여. 겐토한테는 겐토의 시간이 필요하잖여. 안 와도 된다. 할아버지 일은 할아버지가 다 알아서 할 테니께, 걱정 말어."

차가 역 앞에 도착하자, 무거운 짐을 모두 짊어진 겐토는 차 옆에 서서 몸을 굽혀 운전석의 엄마와 뒷좌석의 할아버지 얼굴을 보았다.

"그럼, 다녀오겠습니다."

"그래, 잘 다녀와."

슬라이드 도어가 다 닫히기도 전에 차가 출발했다. 할아버지는 겐토의 얼굴이 보이지 않을 때까지 창문 너머로 계속 손을 흔들어댔다.

열차를 탄 겐토는 무거운 짐을 내려놓고 창밖을 멍하니 바라보았다. 반대쪽에는 낮은 산과 우거진 숲만 보였지만, 겐토의 시선이 향한 쪽에는 시야가 탁 트여 낡은 맨션과 단독 주택, 그리고 하늘 저편의 거북이 머리 같은 하얀 적란운까지 보였다. 맑고 푸른 하늘 속, 가까워지고 있는 것인지 멀어지

고 있는 것인지 알 수 없는 실루엣이 기이한 존재
감을 풍겼다.

샐러리맨 생활은 약 1년 만이었다. 괜한 불안감
이 들었다. 분식회계를 저지른 회사의 자회사는 이
직률이 높았다. 취업이 되긴 했지만 언제 잘릴지
모르는 것이다. 그리고 30년 가까이 도쿄 부근에
서 자란 자신이 아는 사람 하나도 없는 새로운 곳
에서 잘 해낼 수 있을지도 의문이었다.

겐토의 대각선 맞은편에는 겐토 또래의 남녀 커
플이 앉아 있었다. 고급스러운 리넨 재킷을 입은
남자와 고급 브랜드의 원피스를 입은 여자였다. 고
가의 옷에 단정한 얼굴을 한 커플은 누가 보아도
고수입의 젊은 엘리트처럼 보였다. 무엇보다 환한
웃음에서 넘치는 자신감이 엿보였다. 너무 다른 세
계의 사람들에게서 시선을 돌린 겐토는 맞은편 좌
석에 앉아 있는 동년배 부부와 남자아이를 보았다.
뚱뚱하게 살이 찐 배불뚝이 남편은 단념이란 것을
받아들인 대신, 가족을 위한 삶을 살아가겠다고 결

심한 듯한 분위기를 자아내고 있었다.

서른이 되기 전에 간신히 재취직한 자신은 한없이 불안정한 존재처럼 느껴졌다. 의지할 곳을 잃고 비틀거리며 쓰러져버릴 것만 같은 심정이었다. 문득 노약자석에 앉은 노인에게 눈길을 주다가 겐토는 자신이 할아버지를 찾고 있다는 것을 깨달았다. 여기에는 자기보다 약한 육체를 가진 이가 보이지 않았다.

전철이 다마강에 다다르자 앉아 있던 승객 몇 명이 일어나 창밖으로 눈길을 돌렸다. 물길이 분산되어 강 여기저기에 모래톱이 보였다. 높은 상공에는 벌레도 새도 아닌 것이 날고 있었다. 비행기였다. 근처에 있는 조후 비행장에서 날아오른 경비행기 세스나Cessna일 터였다. 전쟁 이후 조후 비행장은 마치 친척 집을 전전하는 아이처럼 미군에서 일본 도쿄도로 그 담당이 바뀌었고, 그러는 사이 개인 소유의 경비행기만 이착륙하는 오락용 비행장이 되어버렸다. 겐토가 아주 어린 시절부터 전철 안에

서 눈으로 좇던 경비행기는 어른이 된 지금도 여전
히 변함없이 하늘을 가르고 있었다.

　적란운이 천천히 다가왔다. 저 구름은 몇 시간이
지나면 다마그랜드하이츠의 상공을 뒤덮어 할아
버지가 울적해하며 죽고 싶다고 푸념을 늘어놓도
록 방을 어둡게 물들일 것이다. 자신이 없는 집에
서 엄마가 할아버지의 우울을 견딜 수 있을지 겐토
는 걱정이 되었다.

　모든 것이 불안했다.

　그러나 적어도 지금 겐토는 낮과 밤의 구별도 없
이 그저 하얗기만 한 지옥 속에서도 계속 싸워나갈
수 있는 힘을 갖추고 있었다. 할아버지가 그것을
가르쳐주었다. 헤어날 수 없는 괴로운 상황 속에서
도 사람은 어떻게든 싸워나갈 수밖에 없는 것이다.



　프로펠러가 보일 정도로 가까이 왔던 세스나는
어느새 구름에 가려져 보이지 않았다.

# 할아버지 살리기

유준(문학평론가)

## 당근은 그저 당근일 뿐

궁금하다, 노년에 이르면 나 역시 "빨리 죽어야지" 소리를 입에 달고 살지. 내가 그런 소릴 할 때 내 자손은 어떤 반응을 보일지도. 썩 유쾌한 소리는 아니기에 썩 유쾌한 반응을 기대하기는 힘들 것이다. '뻔한 거짓말'은 화자와 청자 모두를 피로와 권태에 사로잡히게 한다. 또 하나의 뻔한 거짓말(상투로 뒤범벅된 소설)이 작가와 독자 모두를 그렇게 만들 듯. 이 두 뻔한 거짓말과의 싸움에서 우리는 삶의 진실과 마주하고 소설의 진실과 마주한다.

185

그런데 저 발화가 '뻔한 거짓말'이라는 확신과 판단은 어디에서 오는가? 그 역시 너무 뻔한 것은 아닌가?

체호프는 한 편지에서 이렇게 적는다. "당신은 삶이 무엇인지 묻습니까? 그것은 당근이 무엇인지 묻는 것과 같습니다. 당근은 그저 당근일 뿐이고 아직 그 이상 알려진 바는 없습니다." 정확히 이런 자세로 체호프는 작품을 썼다. 그의 '모른다'는, 그 어떤 '안다'보다도 더 많은 것을 안다. '안다'고 생각하는 순간, 우리는 수많은 발견의 기회를 잃는다. 좋은 소설은 이 기회를 향유한다.

## 헛다리의 희(비)극

28, 60, 87. 로또 번호만큼이나 별다른 흥미를 자아내지 못하는 숫자 조합이다. 어떤 조합일까? 제153회 아쿠타가와상 수상작 하다 게이스케의 《왜 자꾸 죽고 싶다고 하세요, 할아버지(원제: SCRAP AND BUILD)》에 등장하는 가족 구성원들의

나이다.

　28세: 백수 '겐토'.

　60세: 실질적 가장 어머니.

　87세: 빨리 죽기만을 바라(지 않)는 (외)할아버지.

　이야기는 겐토와 할아버지 (사이)를 중심으로 펼쳐진다. 그도 그럴 것이 "할아버지나 겐토나 할 일이 없는 사람인 것은 마찬가지"이기에, 이 둘이 '함께'—이 말에 특별한 의미가 있는 것은 아니다. 적어도 작품 초중반까지는— 보내는 시간이 많을 수밖에 없을 뿐더러, 마침 겐토는 "할아버지의 말동무라도 되어주면 적어도 빈둥대는 시간을 남을 위해 유용하게 쓸 수 있겠다는 생각"을 해낸 참이다. 그런데 일견 기특해 보이는 이 생각은 기상천외한 방식으로 전개된다. 그것이 이 작품에 재미를 부여한다면, 그 전개에 반한, 혹은 그 전개에 따른 —'반한'이라고 해야 할지, '따른'이라고 해야 할지는 독자 여러분들께서 직접 판단해 보시길— 결말의 자연스러운 의외성, 혹은 의외의 자연스러움이 이 작품에 의미를 부여한다.

작품은 삼인칭 서술로 진행되나 대부분 겐토의 시선을 통해 초점화된다. 그는 스물여덟 살이고, '삼류대학'을 나왔으며, 자동차 영업사원으로 5년간 근무했다. 그리고 현재는 공시 준비생이(라고는 하나 백수에 가깝)다. 이십 대 후반의 취준생과 80대 후반의 사준생(死準生, 허나 어찌 80대 후반만이 죽음을 준비하는 인생이랴, 꼭 하이데거의 언명이 아니더라도 우리 모두는 태어나는 순간부터 죽음으로 던져진 존재이거늘)의 동거가 작품의 주요 이야깃거리다. 전혀 흥미로울 성싶지 않은 이 동고동락은 겐토의 어처구니없는 깨달음으로부터 비로소 흥미를 얻기 시작한다. 다음은 그 돈오頓悟의 순간이다.

이 엉망진창의 스물여덟 살 먹은 사지 멀쩡한 남자가 할 수 있는 일은 아무것도 없었다. 그저 어둑어둑한 실내에서 허연 천장만 올려보는 게 전부였

다. 허리에 부담이 덜 가는 자세를 찾으려고 왼쪽
으로 몸을 틀자 눈앞에는 천장 대신 허연 벽지가
들이닥쳤다.

그 순간, 겐토는 문득 이런 생각이 들었다.

나는 지금껏 할아버지의 영혼이 외친 비명을 한
귀로 듣고 대충 흘려버린 것이 아닐까?

낮이든 밤이든 누워서 천장만 쳐다보다 자기가

졸고 있는 것도 인식하지 못할 만큼 백야를 헤매고
있다면, 더 이상 건강해지지도 못할 몸으로 버텨낸
다 하더라도 그 끝에 기다리는 것이 죽음뿐이라면,
차라리 일찍 죽어버리고 싶은 마음이 들지 않을
까?

겐토는 지금까지 상대의 의사를 무시한 자기중
심적인 태도로 할아버지를 대했다는 생각이 들었
다. 집에 생활비를 대지 않는 대신 할아버지를 돌보
면서 친척들 사이에서는 효심 깊은 손자라는 소리
를 들었다. 그리고 약자에게 손을 내밀고 있다는 자
기 만족감에 빠져 있었다. 하지만 그뿐이었다. 정작

자신은 그 약자의 목소리를 들으려 하지 않았다.

죽고 싶다, 라는 할아버지의 자조 섞인 고백을
말 그대로 이해하려는 성실한 태도가 부족했다.

정말이지 엉망진창이다. 이런 깨달음이라니! 이
때부터 겐토는 할아버지를 오로지 "가장 완벽한
형태의 존엄사를 갈구하고 있는 노인"으로 이해한
다. 이 이해 속에 겐토는 다짐한다. "87년이나 이
어진 할아버지의 인생에서 어쩌면 마지막이 될지
도 모르는 간절한 도전을 도울 수 있는 것은 자기
뿐"이라고. 여기서 '간절한 도전'이란 말할 것도 없
이 평온하지 못한 삶에 맞서 '고통이나 두려움마저
없는 평온한 죽음'을 쟁취하는 것이다. 이 도전에
서 할아버지의 허리에 챔피언 벨트를 둘러주는 것
—아니, '할아버지의 관 위에 월계수 잎을 놓아주
는 것'이라고 해야 하나?—이 '효심 깊은 손자 겐토
에게 주어진 사명'이라고 서술자는 덧붙인다. 그렇
다고 겐토가 적극적인 액션을 취하는 것은 아니고,

왜 자꾸 죽고 싶다고 하세요, 할아버지

간병인으로 일하는 친구의 조언대로 "사용하지 않는 능력은 쇠퇴할 것"이라는 믿음 아래, '과한 간병'을 통해 자연스럽게 모든 기능이 쇠약해져 죽음에 이르게 하는 방법을 택한다. 이것도 방법이라고 할 수 있다면 말이다. 이때부터 순진하다고 해야 할지 멍청하다고 해야 할지, 효심이 깊다고 해야 할지 불효막심하다고 해야 할지 분간하기 힘든 일들이 이어진다.

　요 며칠, 할아버지는 날씨가 좋은 덕분에 컨디션이 나아진 건지 죽고 싶다는 말을 거의 하지 않았다. 그 때문에 할아버지의 마지막 소원을 위해 도움의 손길을 주던 자신이 마치 나쁜 짓을 하고 있는 것만 같은 죄책감이 들었다. 그러나 흐린 날씨가 찾아오자 할아버지는 바로 자신의 간절한 소원을 다시 호소하기 시작했다.

　오늘은 어머니가 친구를 만나러 집을 비운 덕분에 겐토는 아침부터 다시 과도한 간병에 열중할 수 있었다. 할아버지가 좋아하는 부드럽고 달콤한 토스트를 살짝 태우긴 했어도 마가린과 잼을 잔뜩 발라 점심으로 차려주었다. 탄 음식과 마가린은 암을 유발하며 암은 죽음에 이르는 질병 중에서도 그나마 편한 축에 속한다는 이야기를 들은 적이 있었다.

어떨 때는 방의 커튼을 활짝 열어젖혀 들치는 햇살로 피부암을 일으키려는 시도도 해보았고, 할아버지가 쓴 접시나 컵을 바로 치워서 운동할 기회를 빼앗기도 했다. 또 예전에 수면제를 먹고 자살하려고 했다가 실패한 날 이후부터 할아버지가 먹던 작은 '수면 유도제' 약병에 탄산음료를 넣어두었는데 그 병 안에 진짜 수면 유도제를 넣어두기도 했다.


이와 같은 해프닝을 보는 내내 실소를 멈추기는 힘들다. 왜인가?

겐토는 문맹이다. 인식론적 문맹이다. 빨리 죽고 싶다는 할아버지의 기표를 그대로 기의로 받아들인다. '한없이 미끄러지는 기의'의 개념을 이해하기 위해서는 꼭 구조주의 언어학에 대한 선행학습이 필요하지 않다. 성인의 대화가 골치 아픈 것은 표현된 말과 숨어 있는 의미 사이에 끝없이 간극이 생기기 때문이다. 이 간극의 심연 속으로 뛰어들려는 노력 없이 상대를 이해한다고, 안다고 믿는 순간 '실수의 비극'이 발생한다.

그런데 이렇게 말하고 있는 순간 나 역시도 실수를 범하고 있는 것은 아닐까? "그저, 빨리 내가 죽어야지" 하는 노인들의 말씀이 실은 간곡히, 아니 꼭 간곡히까지는 아니더라도 여하튼 살고 싶다는 뜻을 품고 있다는 단정이나 확신은 어디에서 오는가? 상인, 노처녀·노총각, 노인의 관용어를 3대 거짓말이라고 치부하는 것은 어쩌면 우리의 관습적 편견이 투영된 이해·오해의 방식 아닐까? 그들은 실제로 밑지고 팔고, 죽어도 결혼하기 싫고, 어서 빨리 죽고 싶고…… 뭐 때로 정말 그러한 것은 아닐까? 아니면 적어도 실체적 진실은 누구도 모르는 채로, 발화의 주체들은 그러한 믿음을 견지하고 있는 것 아닐까?

　이에 대해 우리가 취할 수 있는 최선의 태도는 그들의 말을 끝까지 이해하지 못한 채로 놓아두는 일일 것이다. 그 이해할 수 없는 수수께끼의 구체적 움직임에 그저 세심한 주의를 기울이는 것 외에 우리가 별달리 무얼 할 수 있겠는가? 다시 겐토로 돌아와 말하자면, 그의 실수는 할아버지의 말을 액면 그대로 받아들여 그 뜻을 오해했다는 데에 있다기보다, 할아버지의 말이 정확히 무얼 의미하는지 자신이 안다고 굳건히 믿고 있다는 데에 있다. 그런데 이렇게 말하고 보니 이 작품이 그 언어적 간극, 인식론적 문맹, 윤리적 경솔에 대해 매우 진지하게 성찰하고 있는 작품처럼 보인다. 당신이 만일 작품을 보기 전에 이 해설을 먼저 보고 있다면 그렇게 오해할 법도 하다(주의하시라! 작품과 해설 사이에도 언제나 언어적 간극, 인식론적 문맹, 윤리적 경솔이 침투한다). 그러나 걱정 마시라, 그 모든

왜 자꾸 죽고 싶다고 하세요, 할아버지

왜 자꾸 죽고 싶다고 하세요, 할아버지

것들을 이 작품은 터무니없이 경쾌한 어투로 생생
히 묘파해낸다. 이 작품의 매력은 무엇보다 그 터
무니없음과 경쾌함과 생생함에서 온다. 봄볕이 좋
은 어느 날 할아버지의 기분이 좋아 보일 때, 겐토
가 스스로 되뇌는 다음과 같은 다짐은 그 흥미로운
예다.

> 눈앞의 쾌적함과 일시적인 기분 변화에 홀려서
> 는 안 된다. 어서 빨리 본래의 소망을 이루어주는
> 것이 본인을 가장 위하는 일이다. 겐토는 지금 이
> 자리에 있는 할아버지의 표정이나 행동에 현혹되
> 지 않도록 주의하기로 마음먹었다

이 어리숙한 탐정이 짚어대는 이와 같은 헛다리의
희극을 관람하다 보면 어느새 입꼬리가 올라간다.
  그런 와중에, 그 좌충과 우돌 속으로 빠져드는
사이사이 무언가 개운치 않은 느낌이 모락모락 하
나의 질문을 피워 올린다. 어떤 질문일까?

## 편력하는 아이러니

한없이 우스꽝스럽게 진행되는 이 소설을 읽으며 한없이 웃음만 지을 수는 없는 이유, 자신이 모시는 할아버지의 소망을 이루어 드리기 위해 돌진하는 편력기사의 흥미로운 모험담을 읽으면서도, 마냥 희희낙락할 수만은 없는 이유는 아래와 같은 질문을 생략하려 해도 그럴 수 없기 때문이다.

'할아버지의 말씀에 대한 겐토의 투박한 이해와 그 말씀을 유언으로 만들어 버리려는 실천은 어쩌면 할아버지의 죽음을 바라는 그의 무의식적 욕망이 표출된 것은 아닐까? 그리고 이 욕망은 (초)고령 사회에서 지위 불안을 앓고 있는 청년들이 알게 모르게 품을 만한 것은 아닐까?'

작품 속에는 대낮의 레스토랑 풍경이 두 차례 그려지는데, 둘 모두 청년과 노인들로만 북적이는 모습이다. 그렇다고 딱히 두 세대가 대놓고 적대를

왜 자꾸 죽고 싶다고 하세요, 할아버지

196

드러내는 것은 아니지만 그 풍경을 전후한 문장들이 굉장히 건조해 보이는 것만큼은 분명해 보인다. 더불어 다른 곳에서 겐토는 고령자가 외국인보다 더 대화가 통화지 않는다는 식으로 말하고, 노인들의 의료비와 연금, 신용카드 대금 부담을 위해 젊은 세대들이 엄청난 세금을 내는 것에 불만을 토로하며, 급기야 국민연금이 빠져나가는 계좌에서 돈을 전부 인출하기로 마음먹는다.

이쯤에서 원제 'SCRAP AND BUILD'의 뜻이 고스란히 녹아 있는 "새로운 것을 만들어내기 위해서는 철저한 파괴가 필요했다"는 문장에 주목해보자. 이 문장은 여러 의미를 함축한다. 먼저 비뚤어진 합리성에 기대자면 이 문장은 젊은 세대의 고용이나 성장을 위해서는 노년 세대가 자리를 비켜줘야 함을 의미한다. 한정된 자원을 놓고 벌이는 싸움에서 평등이나 박애는 허울 좋은 구호에 불과하며, 공멸을 피하기 위해서라도 '인생이라는 복권에서 꽝을 뽑은 불행한 사람들'(이 작품에서는 노년

작품해설

세대)에게는 불행을 안겨줄 수밖에 없다는(《인구론》의 멜서스), 더 나쁘게는 안겨주어야 한다는(〈어벤져스 인피니티 워〉의 타노스) 인식은 꽤나 유구한 역사를 자랑한다. 그러나 이는 자랑할 만한 일이 아니다('인간 세계 최고의 법칙은 약자 생존의 법칙'이라는 나보코프의 말은 두고두고 음미해볼 필요가 있다). 작품 속에서 겐토 역시 때로 이러한 (무)사유를 보여주는데, 이는 서술자의 아이러니가 내장된 어조 속에서 비판적 검토의 대상이 된다.

노인 세대의 신용카드 대금이나 대주기 위해 세금을 내는 짓은 죽어도 못하겠다는 가슴 속의 분노와 지금 할아버지에게 베푸는 친절한 행동은 결국 같은 맥락이었다. 평온하게 죽고 싶어 하는 노인의 소원을 들어주는 것은 노인뿐 아니라 젊은이에게도 좋은 일이다. 이제는 종교적 이유나 유명무실해진 휴머니즘으로 얼버무릴 것이 아니라 실행으로 옮겨야 할 때가 아닐까?

이 구절은 고용 악화에 내몰린 청년 실업자들이 '의당' 품을 만한 생각이나, 의당 품게 되는 대부분의 생각들이 그러하듯, 이 역시 의당 회의에 부쳐져야 마땅하다. 작품 속에서 이 회의를 담당하는 것은 반복컨대 '신뢰할 수 없는 화자'의 진술이 산출해내는 아이러니이다. '이면을 향한 정열'이라고도 부를 수 있을 아이러니는 드러난 것과 감추어진 것 사이의 균열에 대한 끊임없는 응시를 요구한다. 그러므로 저 인용문은 겐토 식으로, 즉 곧이곧대로 받아들여서는 곤란하다. 그렇다고 무턱대고 정반대의 의미로 단정해서도 곤란하다. 그 둘 사이의 부단한 길항의 어디쯤에서 의미는 생성과 소멸과 변화를 거듭할 것이다. 또한 그 길항은 한 개인의 욕망과 또 다른 개인의 욕망, 한 세대의 욕망과 또 다른 세대의 욕망이 복잡하게 투영되어 빚어지는 것이기에 언제나 곤혹스러운 오리무중에 이를 수밖에 없다.

심란한 마음을 추스르고 원제가 함축되어 있는

앞선 문장을 이번에는 명랑하게 읽어보자. 그럴 경우 이런 함축을 읽어내는 일이 가능하다. '생명의 약동을 위해서는 권태와 지리멸렬로 일관하는 일상의 루틴을 탈피해야 한다'는 것. 얼핏 속류 자아계발서의 상투적 가르침처럼 보이지만, 겐토는 이를 직접적인 몸의 부딪힘을 통해 깨닫는다. 즉 몸으로부터 정신으로 새겨지는 이 말뜻 그대로의 '생철학'은 자아계발서의 맥빠진 교훈과도, 베르그송의 철학적 가르침과도 무관하며 오직 매일매일 할아버지를 돌보는 과정에서 '몸소' 터득하게 되는 의외의, 그러면서도 더욱 생생한 실천적 깨달음이다. 이것이 겐토의 존재론적 변전을 가져온다.

## 혁명: 숨결과 숨결의 만남

"진저리가 났다." 이는 작품 속에서 겐토가 할아버지에 대한 마음을 표현하는 첫 번째 서술어다. 두 번째 서술어 역시 "아주 점입가경이었다"로, 그야말로 점입가경이다. 그렇다면 마지막 서술어는

뭘까? "(할아버지가 그것을) 가르쳐주었다"이다.
이 이동은 어떻게 가능했을까?

　작품 초중반부에서 자신의 할아버지, 나아가 노
인 세대 전반을 대하는 겐토의 인식은 우호적이지
않다. 그(들)의 언행은 사람을 진저리나게 만들고,
그들의 존재 자체는 젊은이의 지갑을 한없이 얇게
만든다고 겐토는 생각한다. 덧붙여 겐토가 사는 마
을에서 한 80대 할머니가 차를 몰다 초등학생을
치는 사고가 발생하여 아이는 죽고 할머니는 혼수
상태에 빠진다. 자동차 영업사원으로 일하던 시절,
주의 문구도 붙이지 않은 채 핸들을 잡겠다고 고집
을 피우는 노인들에 대해 겐토가 품었던 불만 섞인
우려가 현실화한 것이다. 사정이 이렇다 보니 겐
토는 노인들과 벗이 될 수 없다. 그렇기는커녕 적
만 되지 않으면 다행이다. 그런데 그 둘 사이에 그
어진 적대의 경계에 바람이 불고 새가 날며 꽃씨가
떨어져 싹을 틔운다. 그리고 그 싹은 겐토의 몸과
마음에도 옮겨져 새로운 사고와 생활방식이라는

열매를 맺는다. 이는 정치적 프로젝트의 실행이나 추상적 이론의 학습 따위를 통해 이루어진 것이 아니다. 그저 몸과 몸의 맞닿음을 통해, 한 숨결에 한 숨결을 포개놓는 것을 통해 자신도 모르는 사이에 말뜻 그대로 '체득'하게 된, 고요하나 혁명적인 변전이다. 혁명이란 천지개벽의 하늘 아래 휘날리는 휘장에 써내려간 거창한 일필휘지만을 뜻하지는 않는다. 그보다는 오히려 나날의 삶에서 몸과 마음이 전해오는 진실의 근사치에 가닿고자 하는 소소하고도 섬세한 움직임에 붙여진 명찰에 서툴게나마 꼭꼭 눌러쓴 간곡한 필치의 흔적 같은 것에 더 가깝다. 혁명이란 그런 것이다.

작품의 말미에서 겐토는 할아버지의 목욕을 거들며 그를 괴물로 대한다.

"쪼그라든 우엉 토막 같은 성기를 매단 괴물이 늪에서 기어 올라와 자기 몸에 들러붙는 것만 같았다." 그런데 이 괴물은 자기 몸보다 훨씬 얕은 욕조에 들어가면서도 익사의 공포에 신음하고 발버

왜 자꾸 죽고 싶다고 하세요, 할아버지

둥 친다. 이 어수선한 상황 속에서 겐토는 공포에
사로잡힌 채로 괴물을 끌어올리고, 괴물을 씻기고,
그 물기를 닦아준다. 그 혼란의 와중에 문득 하나
의 생각이 겐토의 전신을 타고 흐른다.

일부러 물에 빠뜨린 거라고 생각하는 게 아닐
까?
할아버지는 어쩌다 일어난 사고라고 생각할 수
도 있었다. 하지만 겐토 스스로가 자신을 믿을 수
없어 불안해하고 있었다. 마음속 깊은 곳에서 고통
없이 죽게 해주고 싶다는 친절한 마음과는 상반되
는 열망이 도사리고 있었던 건 아닐까? 그 열망에
이끌려 위험하다고 생각하면서도 욕조에 혼자 두
려고 한 것은 아닐까?

이런 반성적 사유의 복판으로 할아버지의 말씀
이 침투한다.

"고마워. 겐토 니가 할아버지를 구한겨."

"죽을 뻔했어."

이를 계기로 겐토는 자신이 커다란 착각에 빠져 있었다고 느낀다.

사실 어떤 게 진실인지는 알 수 없다. 중요한 것은 겐토가 비로소 진실을 알았다는 데에 있다기보다, 자신이 진실이라 여겼던 것이 오류였을 수도 있다는 인식에 이르렀다는 데에 있다. 그 인식의 과정에서 타자를 괴물로 여기는 태도가 동반된다는 점은 흥미롭다. 자아도 그렇지만 타자 역시도 상수라기보다는 미지수다. 자아도, 타자도 외계인이고 괴물이다. 겐토가 할아버지를 괴물로 여기는 것은 비단 '쪼그라든 우엉 토막 같은 성기' 때문만이 아니다. 일차적으로는 그러하지만, 보다 심층적으로 이는 할아버지에 대한 자신의 이해가 '쪼그라든 우엉 토막'처럼 볼품없고 초라한 것은 아니었을까, 하는 생각이 투영된 결과다. 그러한 자신의

왜 자꾸 죽고 싶다고 하세요, 할아버지

좁은 생각에 비춰볼 때 할아버지의 타자성은 비로소 하나의 실물로 육박해 들어온다. 그러니까 타자—때로 자기 자신이라는 또 하나의 타자를 포함하여—를 괴물로 여기는 태도는 실은 우리가 타자에 대한 오해와 편견을 줄이는 시발점이 된다. 그리고 이 과정에서 우리는 종종 스스로에 대한 투박한 믿음을 해체하고 나아가 재정립하는 망외의 소득까지 얻는다.

> 적어도 지금 겐토는 낮과 밤의 구별도 없이 그저 하얗기만 한 지옥 속에서도 계속 싸워나갈 수 있는 힘을 갖추고 있었다. 할아버지가 그것을 가르쳐주었다. 헤어날 수 없는 괴로운 상황 속에서도 사람은 어떻게든 싸워나갈 수밖에 없는 것이다.

할아버지가 없었다면, 할아버지에 대한 (과한) 간병과 그 생생한 타자성의 체험이 없었다면 이런 인식은 아직 요원한 상태로 남아 있지 않을까?

이 점이 이 소설이 우리에게 주는 가장 큰 미덕
이다. 고령화와 저출산, 청년실업 등으로 인한 이
런저런 문제점들에 대해서는 수많은 통계자료와
리포트들이 더 잘 알려준다. 고작 그 문제점들을
동어 반복적으로 읊어대기 위해 귀한 지면에 불면
의 밤을 할애할 작가는 없다. 숱한 자료나 보고들
로는 그 낌새조차 챌 수 없는 인간과 인간 사이의,
그리고 인간 내면의 미세한 일렁임과 술렁임에 탐
조등을 비춰보려는 정열과 고투를 건너뛰려는 작
품들을 우리는 건너뛰어도 무방하다. 그런 점에서
《왜 자꾸 죽고 싶다고 하세요, 할아버지》를 건너뛰
려는 자가 있다면, 나는 그 바짓가랑이를 잡고 늘
어질 것이다.

아마 "이거 놓으세요!"라고 말하겠지. 다음 몇 문
장은 그럴지도 모를 당신을 위해 적는다.

'할아버지"와의" 유대(나아가 '연대'), 그것은 꼭
불가능한 꿈만은 아니다.' 겐토가 할아버지도 살리
고 자신도 살리듯, 우리 역시 껄끄러운 타자와의 공

생을 얼마든지 꿈꿀 수 있다. '숲에서 나무가 쓰러졌는데 그 소리를 아무도 듣지 못했다면 그 소리[나무]는 존재하는 걸까'(버클리)라는 유명한 명제를 우리의 맥락에 옮겨 심어 말하자면, 타자가 쓰러지는 소리에 귀를 쫑긋 세우는 것, 바로 그것으로부터 그 꿈은 지도를 그려갈 것이다. 설령 그것이 오류투성이일지라도. '잘못 든 길이 지도를 만든다'는 한 시인(강연호)의 말은 우리가 그 길에서 편견 없이 온몸을 활짝 열고 있는 한 언제나 참이다.

# 고령 사회, 청년 실업,
# 그리고 가족이라는 '현실' 이야기

모든 소설은 허구와 현실을 동시에 묘사한다. 하지만 이 소설만큼 독자가 무릎을 탁 칠 정도로 생동감 넘치는 현실을 그려낸 작품이 또 있을까?

이 소설의 주인공 스물여덟 살 겐토는 삼류대학을 졸업하고 자동차 영업사원으로 일하다 그만두고, 집에서 공무원 시험 준비를 하면서 이따금 면접을 보러 다니는 평범한 취업 준비생이다. 직장을 다니며 모은 돈과 단기 아르바이트를 하며 버는 돈으로 생활을 꾸려야 하지만 독립을 하지 않고 엄마 집에 얹혀살고 있기 때문에 그리 힘들게 사는 편은 아니다. 이런 겐토의 모습은 요즘 흔히 볼 수 있는 우리 사회 '공시족 취준생'의 모습을 떠올리게 한다.

　이 작품은 손자 겐토를 통해서는 청년 실업 문제를, 자식의 집에 얹혀사는 할아버지를 통해서는 고령화 사회와 노인 문제를 생생하게 그려낸다. 건강한 몸으로 진취적인 활동을 하며 살아가는 노인들도 많은 이 시대, 겐토의 할아버지는 노쇠한 몸 때문에 병원 신세를 자주 지고 주위의 간병이 필요한 노인이다. 재취업을 준비 중인 취준생 겐토는 집에 있는 시간이 많다 보니 할아버지의 시중을 드는 일이 잦다. 이미 초고령 사회에 진입했다는 일본과 2026년쯤 되면 고령인구가 전체의 20%를 넘어서 초고령 사회 진입 국가가 될 것으로 예상되는 우리나라를 생각하면, 작품 속 주인공 가족의 이런 모습은 특이할 것이 없다. 고령화된 사회에 보살핌이 필요한 노인은 어디에나 있으며 남의 이야기가 아닌 우리 가족의 이야기일 수도 있다는 현실을 작가는 직설적으로 전하고 있다.

이야기는 이러한 무거운 현실을 바탕으로 할아버지의 존엄사에 대한 주인공의 논리를 따라 진행된다. 매일같이 어두운 방에 앉아 '죽고 싶다'고 애원하는 할아버지의 모습을 본 겐토는 그 간절한 소망을 이루어주겠다고 마음먹는다. 존엄사를 할 수 있도록 도와주는 것이 젊은 세대인 자신과 간병으로 고생하는 다른 가족 모두에게 도움된다는 깨달음을 얻은 것이다.

겐토는 할아버지를 위해 모든 일을 다 한다. 할아버지 스스로 할 수 있는 일이 없도록 온갖 수발을 다 드는 것이다. 그야말로 효심 깊은 손자가 아닐 수 없다. 하지만 그 내면에는 할아버지를 고통 없는 죽음으로 이끌겠다는 의지가 자리 잡고 있다. 그것이 할아버지의 소원을 들어주는 것이라고 믿으며. 이러한 겐토의 사고방식과 행동은 얼핏 보기에는 상대방을 위한 희생으로 보인다. 그리고 자칫 그 논리에 휘말릴 것만 같다.

하지만 할아버지의 '죽고 싶다'는 말의 진위를 책

을 읽는 이라면 누구든 쉽게 파악할 수 있다. "죽고
싶다", "늙으면 죽어야지" 하는 세상에서 가장 뻔한
거짓말을 우리는 이미 잘 알고 있기 때문이다.

작가는 대다수의 독자들이 그것을 이해한다는
것을 전제에 두고, 오히려 반대의 논리를 주인공
겐토에게 실행시키고 있는 것일지도 모른다. 때문
에 겐토의 생각은 더욱 미숙해 보이고, 우리는 이
미 다 알고 있는 사실을 너만 왜 그렇게 깊게 생각
하며 지질하게 구느냐고 비웃을 수도 있다.

이 소설의 원제인 《스크랩 앤드 빌드scrap and build》
는 '비능률적인 설비를 폐기scrap하고, 이를 능률 높
은 최신 설비로 바꾸는build 것'을 의미한다. 겐토의
극단적 사고와 행동은 제목이 말하듯 노쇠하고 더
이상 쓸모가 없어진 할아버지의 모습을 자신과 겹
쳐보고 자신을 새로 개조하는 방향으로 나아간다.

겐토는 엄청난 고통을 수반하는 운동을 통해 둔
해진 근육을 철저히 파괴하고 다시 튼튼한 근육으
로 탈바꿈시킨다. 이를 통해 자신의 젊고 싱싱한

생명력을 자랑스럽게 여기고 자신감을 되찾는다. 젠토의 이런 새로운 인생으로의 복귀 작업과 할아버지의 자립을 막으려는 준비는 서로 반대되는 개념으로 비춰진다. 하지만 제목처럼 노후한 요소들을 전부 쓸어버리고 새롭고 강한 것을 다시 세우려는 의지를 가지고 있는 것은 똑같다.

영예로운 아쿠타가와상을 탄 이 작품은 뛰어난 문학성을 인정받으며 심사위원들은 물론 독자들의 마음까지 사로잡았다.

진정한 의미에서의 '스크랩 앤드 빌드'는 결말 부분을 향해 달려가면서 나타나게 된다. 시간이 지날수록 주인공 젠토는 제대로 몸도 가누지 못한 채 하루 종일 집에서 죽겠다는 타령만 하는 할아버지가 삶에 대한 집착을 보이는 순간들을 목격하게 된다. 심지어 간병인의 몸을 은근슬쩍 만지기까지 하는 성적인 욕구까지 확인하게 된다. 젠토의 경솔하지만 확고했던 사상은 할아버지가 익사할 뻔한 사건을 계기로 크게 뒤흔들린다.

할아버지를 반면교사 삼아 운동과 시험공부에 성실히 임했던 겐토가 마침내 재취업에 성공해 사회로 복귀하는 모습, 그리고 할아버지의 '죽고 싶다'는 말의 뜻이 결국 무엇을 의미하는지 이해하는 장면에서 나도 모르게 미소를 지었다.

"너도 언젠가는 늙지 않느냐?"

책을 덮으며 내가 나에게 물어본 자문이다.

늘어나는 노인과 청년들의 노인 부양 문제는 겐토뿐만 아니라 이 시대를 사는 우리의 몫으로 남겨진 사회적 고민이 아닐까. 이 작품은 그러한 문제에 섣불리 답변을 내기보다는 있는 그대로의 현실을 그려내며 다시 한 번 생각하게 하는 힘을 가졌다. 더 나아질 사회를 위해 치열하게 살아가야 하는 이유를 보여주는 작품이라고 생각한다.

옮긴이 _ 김진아

서울외국어고등학교 영어과를 졸업하고 서울여자대학교에서 경영학과 영어영문학을 전공했
다. 일본 문화에 매료되어 일본어 전문 번역가의 길을 가게 되었다. 현재 프리랜서 번역가로
활동 중이다. 옮긴 도서로는《도해 마술의 역사》《안토니오 가우디 : 지중해가 낳은 천재 건축
가》《바 레몬하트》《악마 같은 공작 일가》《백련의 패왕과 성약의 발키리》외 다수가 있다.

**왜 자꾸** 죽고 싶다고 하세요,
**할아버지**

1판 1쇄 인쇄 | 2018년 6월  5일
1판 1쇄 발행 | 2018년 6월 12일

지은이 | 하다 게이스케
옮긴이 | 김진아

펴낸이 | 임지현
펴낸곳 | (주)문학사상
주소 | 서울특별시 송파구 중대로 38길 17(05720)
등록 | 1973년 3월 21일 제1-137호

전화 | 02)3401-8540
팩스 | 02)3401-8741
홈페이지 | www.munsa.co.kr
이메일 | munsa@munsa.co.kr

ISBN 978-89-7012-986-0 (03830)

이 도서의 국립중앙도서관 출판예정도서목록(CIP)은 서지정보유통지원시스템 홈페이지
(http://seoji.nl.go.kr)와 국가자료공동목록시스템(http://www.nl.go.kr/kolisnet)에서
이용하실 수 있습니다. (CIP 2018013785)

• 잘못 만들어진 책은 구입하신 서점에서 바꾸어드립니다.
• 책값은 표지 뒷면에 표시되어 있습니다.